名家笔下的中国老城市丛书

名家笔下的老济南

总主编 张祖庆
主　编 孙秀芹 王克梅
朗　诵 柏玉萍

济南出版社

图书在版编目（CIP）数据

名家笔下的老济南 / 孙秀芹，王克梅主编. —— 济南：济南出版社，2021.6（2024.11 重印）
（名家笔下的中国老城市丛书 / 张祖庆主编）
ISBN 978-7-5488-4708-3

Ⅰ.①名… Ⅱ.①孙…②王… Ⅲ.①散文集－中国－当代 Ⅳ.① I267

中国版本图书馆 CIP 数据核字（2021）第 113036 号

名家笔下的老济南
MINGJIA BIXIA DE LAOJINAN
孙秀芹　王克梅　主编

图书策划	赵志坚
责任编辑	赵志坚　史　晓
特约编辑	陈　新　刁彦如
封面设计	侯文英
版式设计	刘欢欢
封面绘图	王桃花

出版发行	济南出版社
地　　址	济南市市中区二环南路 1 号（250002）
总 编 室	0531-86131715
印　　刷	济南新先锋彩印有限公司
版　　次	2021 年 6 月第 1 版
印　　次	2024 年 11 月第 3 次印刷
开　　本	170 mm×240 mm　16 开
印　　张	8
字　　数	90 千字
印　　数	13001—16000 册
书　　号	ISBN 978-7-5488-4708-3
定　　价	45.00 元

如有印装质量问题　请与出版社出版部联系调换
电话：0531-86131736

版权所有　盗版必究

序

每座城都是一本书，每本"城书"都有其独特的精神气质。

生于此城，长于此城，你便与城融在一起，成为城的细胞。城的性格脾气就是人的性格脾气。城与人，相依共存。

一座有生命的城，少不了市，故曰"城市"。

城市于人的成长是烙印式的。无论你身在何处，永远不能忘记的是家的味道、城的气息、城的日常。我们怀想它，念叨它，也常会在某个时间点，因见到所居城市的一处景、一个人，甚至一株菜而深情满怀、热泪盈眶。作家池莉在回忆家乡武汉的菜薹时写道："我对菜薹是情有独钟不离不弃到即便它们老了也要养着，花瓶伺候，权当插花……看花时，总不免心生感慨：菜薹噢菜薹，你是我对武汉最深的眷恋。"

每一座历经千百年的城市，都是一条生命涌动的长河，于风云变幻间，留下吉光片羽。

一座古老的城市，值得我们细细品读。从显处读，可以是让游人赏心悦目的湖光山色，也可以是令吃客垂涎欲滴的特色美食。但是，仅读这些还不够，我们还要走进城市深处。风采卓绝的人物要读，深厚的文化底蕴要读，明亮的人文精神要读，这样才能走进一座城市的灵魂。

可是，谁敢说，我们真正读懂了我们所生活的城市？谁又敢说，我们真正触摸到了城市的灵魂？可能，在喧嚣的城市里，孩子还没有静静凝视过家门前那条不知源头的河流，没有留心觉察过城市中不断冒出的楼宇，没有仔细聆听过城市发展的滚滚车轮声。甚至，有这样一种情形——生活在南京的孩子不知道石头城的历史，生活在苏州的孩子没听过评弹，生活

名家笔下的 老济南

在西安的孩子没了解过秦岭的前世今生……

不得不说，这是生命成长中的小缺憾。

中国有个性、有魅力、有文化的城市何其多也！若是有一套中国城市的读本，以名家的文字为城市代言，纵览历史发展脉络，横看现代文明景观，让青少年读者从书中读城市的古今面貌，用脚步触摸城市的现实温度，那该多好啊！我的倡议得到各地名师的积极响应，大家一拍即合，快速行动。我们希望，经由这套书，每位大小读者从自己所居之城开启城市阅读之旅，了解城的古今，梳理城的脉络，以城为荣，以城为傲。

人是城市的核心因子。人和城市的相处方式有很多种，阅读城市理应成为重要的一种。以中小学生喜闻乐见的方式打开城市阅读之门是我们的编写初心。通过阅读名家优秀的文学作品，让孩子建立对城市的文化印象，让城市发展脉络及精神气质化入孩子的生命成长中。

经多次讨论，我们最终把这套书命名为《名家笔下的中国老城市》，初定二十个老城市，分别为北京、上海、杭州、南京、武汉、西安、济南、青岛、成都、重庆、绍兴、厦门、苏州、福州、徐州、广州、洛阳、开封、镇江、淮安。"老城市"就是有悠久历史、灿烂文明、独特意蕴的城市，老城市都是有故事的城市，读者能从书中感受到厚重的城市文化与个性迥异的时代特质。城市不分大小，大城有大城的宏伟，小城有小城的韵味。

为城市编书代言，我们深知其中的艰辛。一本小书难以概括一座城市的全貌和气质。尽管如此，我们还是愿意倾尽全力。我们组建了一支有深厚的文化学识和城市情怀的编写团队，他们多是在全国有影响力的特级教师、正高级教师、一线名师。有的名师为了在书中呈现更立体多元、经典可读的城市风貌，通读了几百本相关图书，仍觉得不够；有的名师对"老城市"的"老"做了精准的解读，对丛书的助读系统提出丰富的设计框架；有的名师带领他的"学霸"团队，利用节假日，走进博物馆、图书馆，做了大量的文献检索……毫不夸张地说，每个城市的编者都经历了艰苦的"前阅读"。

然而，写城市的文章太多了，选几十篇编入书中，简直是沙里淘金，且一定遗珠多多。选择什么样的文字呢？经过几番讨论，数易方案，渐渐地，编写组达成共识。我们发现，读城有迹可循。编写团队做了这样的梳理：

1. 依循城市纵横交错的线索，确定框架。为打捞丢失在历史尘埃中的城市老时光，我们做了一番细细耙梳、反复筛选的工作，再沿着"纵""横"两条线索将占有的资料以主题单元的方式呈现。"纵"即城市的历史沿革、发展脉络；"横"就是城市当下的多面向文化叙事，包含景观、习俗、人物、美食、童谣等。这样编排，既有历史的纵深感，又有现实的亲切感，丰富博大的城市概貌就有可能浓缩在一本小书中。

2. 充分考虑读者对象，精准定位选文方向。本套丛书的主要读者是中小学生，兼顾其他年龄段读者，所选文章多是可读性、文学性俱佳的名家作品。很多写城市的书只是给大人看的，客观介绍一座城市，文字也不够浅近，孩子难免会觉得枯燥。从这个意义上来说，这是一套定制版的城市文学读本，这一特色让本套丛书有别于其他城市主题的书。

3. 让"行读城市"成为一种新的生活方式。读城市，最终要走到城市中。本套丛书有一个重要的编写思想，那就是跟着编者行读城市。二十个城市读本中，有的将研学作为一个单独章节，有的则将其融合在各个章节中。无论采用哪种形式，小读者们都能从书中读到书外。一本书就是一座城的博物馆"入场券"，儿童（或成人）经由这张"入场券"，走进城市文明深处。

以《名家笔下的老武汉》为例，我们来一睹老武汉的城貌——全书分为八个章节，从《日暮乡关何处是》到《踏破铁鞋无觅处》《忙趁东风放纸鸢》，将江湖武汉、火辣辣的武汉、因爽而快的武汉生动地展现给读者。每一章都有"导读""群文探究"，每一篇都有"读与思"。读一本书，仿佛在与城市对话、与编者交谈，读者可带着憧憬之心、探究之趣在城的古今穿梭，在城的南北畅游。

编者刘敏动情地说："二十年前，我在武汉读大学。如今，我拖儿带

名家笔下的老济南

女留在武汉,安居乐业。多少次,我漫步于夜幕中的长江大桥,和灯火一起微醺;多少次,我在汉口江滩,寻觅百年的沉浮……"

不只是武汉,每一座城都值得用心去读。《名家笔下的老西安》编者王林波老师的感言,说出了所有编者的心声:"三年多的时间里,我们走街串巷地亲历感受,我们翻阅文献广泛搜集筛选,我们对话作者深度访谈。一切的努力,只是单纯地想为你——亲爱的读者呈现最适合的老城市。"

我们有理由相信,这是一套真正的精华读本。读者站在名师深读的肩膀上鸟瞰城市,深入城市的叶脉、根系,享受读城的步步惊喜,体验读城的无穷乐趣。

亲爱的读者朋友们,《名家笔下的中国老城市》丛书是一座开放的城堡,我们将不断寻觅,让这个城堡的成员更丰富,文化更多元,视野更开阔。我相信,你们的阅读也必然是开放的——读城市的文学、文化、文明,读城市的传说、市井、烟火,读城市的性格、秉性、气质,读城市的人、事、景……自己读,和爸妈、老师一起读,走进城市博物馆,实景考察,深度研学;不仅读"我的城",还要读"他的城",因为这都是"我们的城"。

再次翻阅一本本书稿,我心中感奋不已。我仿佛又一次和编者朋友们一道,穿行一座座古城,漫步一条条大街,走进一处处深宅,聆听古老钟声,触摸历史心跳。

人在城中,城在心里;一眼千秋,千秋一卷;一卷一城,读行无疆。

于杭州·谷里书院

值得慢慢品的济南

"济南山水天下无,晴云晓日开画图。"元代于钦说。

"羡煞济南山水好,几时真做济南人。"金代元好问说。

"济南真得算个宝地。"老舍说。

……

济南,到底是一座怎样的城市?她是一座需要你慢慢品的城市。

首先,我们来品一品济南的景色。"家家泉水,户户垂杨"是济南的写照,泉使得她蜚声中外。有了泉,济南就有了灵性,有了神韵,有了生命力。去老街老巷漫步吧,古老的青砖黑瓦,碧绿荡漾的湖水,小桥流水人家……让你仿佛置身一幅山水画中;去号称"天下第一泉"的趵突泉看看吧,凝神于那三股泉水,水从泉眼里往上涌,没昼没夜地冒,冒,冒……"云雾润蒸华不注,波涛声震大明湖"的气势一定令你震撼;去大明湖泛舟吧,欣赏"鱼戏一篙新浪满,鸟啼千步绿阴成"的美景,感受"画船开,红尘外,人从天上,载得春来"的惬意,经历"沉醉不知归路""误入藕花深处"的乐趣;再或者,去千佛山游览吧,享受"登临记秋晚,几案与云平"的仙境,想象"遥望齐州九点烟,一泓海水杯中泻"的幻境,悠哉,悠哉!这一品,你一定更加了解"四面荷花三面柳,一城山色半城湖",也一定不再质疑"济南山水甲齐鲁,泉甲天下"。

"海右此亭古,济南名士多",接下来一定要品一品济南的文化、济南的名人。在舜耕路上转转,与大舜相遇,看舜"渔于雷泽,躬耕于历山",聆听"象耕鸟耘"的传说;在漱玉泉边歇歇,与"千古第一才女"易安不期而遇,陪她"寻寻觅觅,冷冷清清,凄凄惨惨戚戚",听她诉说"知否,知否?应是绿肥红瘦";在稼轩纪念祠坐坐,邂逅豪放的"词中之龙"幼安,伴他"醉里挑灯看剑",听他感慨"凭谁问,廉颇老矣,尚能饭否"……

名家笔下的*老济南*

再或者，去泉城广场的名人长廊走走，与土生土长的济南名人张养浩、于慎行、李攀龙聊聊，和来过济南的名人李白、杜甫、苏轼、苏辙、曾巩、元好问、赵孟頫、王士禛等握握手……这一品，你不再怀疑泉城是"文学之国"，也一定会像元好问那样发出"有心长作济南人"的心声。

自古济南"水陆辐辏、商贾相通、倡优游食颇多"，济南美食更值得你来慢慢品。瞧，"金盘错落雪花飞，细缕银丝妙入微"的银丝鲊；"初萌实雕俎，暮蕊杂椒涂"的蒲菜；还有烤猪、河鲤、爆双脆……闻一闻，沁入肺腑。哪一个不值得你来慢慢品？

泉城济南，是史前文化龙山文化的发祥地之一，需要你慢慢品；

泉城济南，是一座来了就不想走的城市，需要你慢慢品；

泉城济南，是一座有温度有情怀的城市，需要你慢慢品；

……

所以，为了让你更好地了解济南，我们精心编写了《名家笔下的老济南》。

本书共分为八个章节。《天下第一泉》带你走进"趵突泉"，看"趵突腾空"，感受泉的美丽和魅力。接下来，《一城山色半城湖》《美煞济南山水好》《济南的四季》带你领略济南城的秀美。"二安"，是泉城济南的文化名片，是翘楚，因此，特别编写《永远的'济南二安'》，带读者领略两位词人的风采。当然，济南的名士还有很多，编写《济南自古名士多》，感受名人与众不同的风采。生活与"吃"紧密相连，泉城济南的美食文化丰富多彩，编写《吃的方面二三事》，以飨读者。济南是一座具有悠久历史的古城，于是，编写《历下亭中坐怀古》，让读者感受历史的足迹。

对于济南，我们生于斯，长于斯，自然情感更是深厚。在编写过程中，我们精心挑选名人名篇，力求为读者展现一个全面而真实的老济南风貌。

"从前书信很慢，车马很远，一生只爱一个人。"今天，捧起这本《名家笔下的老济南》，让时光慢下来，慢慢品一品书中的文字，你一定会品出一个不一样的济南味道。这味道或许会让你从此爱上这座城。

孙秀芹 王克梅

第一章　天下第一泉

2　趵突泉组诗

5　趵突泉赋（节选）／［清］蒲松龄

9　趵突泉的欣赏／老　舍

12　趵突泉／张恨水

14　◎群文探究

第二章　一城山色半城湖

16　组诗两首

19　历山秋眺／侯　林

22　竹枝词里的大明湖／肖复兴

26　◎群文探究

第三章　羡煞济南山水好

28　组诗两首

31　游灵岩记（节选）／［清］姚　鼐

34　鹊山（节选）／简　墨

37　我的优雅的曲水亭／王　文

42　◎群文探究

第四章　济南的四季

44　四季组诗

47　济南的秋天／老　舍

50　济南的冬天／老　舍

53　◎群文探究

第五章　永远的"济南二安"

56　李清照词三首
60　旷世才女李清照 / 荣　斌
63　辛弃疾词两首
66　茅檐低小　溪上青青草 / 白落梅
70　◎群文探究

第六章　济南自古名士多

72　名人组诗
75　济南自古是诗城 / 徐北文
79　回忆新育小学（节选）/ 季羡林
85　◎群文探究

第七章　吃的方面二三事

88　饮食组诗
90　老济南的名小吃 / 李耀曦
93　舌尖蒲香回味长 / 樊禹辰
98　◎群文探究

第八章　历下亭中坐怀古

100　组诗两首
103　在舜耕路上与大舜相遇 / 李登建
107　灵岩寺的"李邕碑"传奇 / 钱欢青
111　济南老童谣
114　◎群文探究

研学活动：天下泉城，一门有温情的课程

第一章　天下第一泉

济南山水甲齐鲁，泉甲天下。

恐怕还没有一个泉像趵突泉一样，能够代表一座城市的灵性，并左右满城人的心理感受。泉水喷溅，即使我们看不到听不到，心里也是安静的、滋润的、丰茂的，而如果没有了泉水，济南人的恐慌和焦躁不安情绪明显增加。每个济南人都会自豪地告诉远道而来的亲朋好友，这里是泉城……

对于济南而言，趵突泉不仅仅是清澈的眼睛，更代表着它的性格和灵魂。趵突泉象征着济南的文化和精神。

那就让我们走进趵突泉，去感受它的美丽和魅力吧！

扫码立领
★ 名师朗读
★ 美文微课
★ 城市印象
★ 老城记忆

名家笔下的老济南

趵突泉组诗

趵突泉

[明] 晏 璧①

渴马崖②前水满川，江心泉迸蕊珠圆。
济南七十泉流乳，趵突独称第一泉。

注释

①晏璧：字彦文，庐陵（今江西吉安）人。1404年任山东按察司佥事，在济南任职期间作《济南七十二泉诗》，诗中有"趵突独称第一泉"之句，后人开始称趵突泉为第一泉，并勒石于泉畔。
②渴马崖：在济南城南20公里处仲宫镇，此处为济南市区泉水涵养区，有大量地下水补充潜流至市区。

第一章 天下第一泉

　　浩荡的河水在渴马崖前急速下渗，流入济南；而济南城内的趵突泉泉池中，三股泉水，如浑圆花蕊，跳跃迸发，喷涌不息。济南有七十二名泉，唯独趵突泉堪称天下第一。

咏趵突泉

[宋末元初] 赵孟頫①

泺水发源天下无，平地涌出白玉壶②。
谷虚久恐元气泄，岁旱不愁东海枯。
云雾润蒸华不注，波涛声震大明湖。
时来泉上濯尘土，冰雪满怀清兴孤③。

　　① 赵孟頫：(1254～1322)，字子昂，号松雪道人，为宋宗室，吴兴（今浙江湖州）人，南宋晚期至元朝初期官员、书法家、画家、诗人，创元代新画风，创"赵体"书，为楷书四大家之一，主要作品有《松雪斋文集》《秋郊饮马图》《秀石疏林图》《松石老子图》等。

②白玉壶：形容三窟喷涌，如玉壶鼎沸。
③清兴孤：情怀清逸，志向远大。

译文

泺水发源地在这里，是天下绝无仅有的，趵突泉泉水从平地上喷涌而出，在喷出时仿佛形成了一把白玉壶。趵突泉如此长年累月地从地下涌出，真怕大地滋生万物的元气会泄尽，即使在干旱之年也不用担心东海会干涸。趵突泉升起的云雾滋润着华不注山，发出的波涛之声震荡着大明湖。如果经常来到泉水边，就能荡涤尘世俗念，使心怀如同冰雪般高洁。

读与思

趵突泉是古泺水之源，《春秋》记载鲁桓公十八年（公元前694）"公会齐侯于泺"。北魏时，因泉畔建有娥英祠，称"娥英水"。金代杰出的文学家元好问在《济南行记》中又称趵突泉为"瀑流泉"，并指出"济南名泉七十有二，瀑流为上"。趵突泉，三窟鼎立，"泉源上奋，水涌若轮"（《水经注》）。

趵突泉被称为"天下第一泉"，古代的文人墨客写了很多关于趵突泉的诗文。读了上面的诗文，你的脑海中浮现出一幅怎样的趵突泉画面呢？你是不是也很想去看看趵突泉呢？那就赶快行动吧！

第一章　天下第一泉

趵突泉赋（节选）

◎ [清] 蒲松龄[1]

　　泺水之源，发自王屋；为济为荥，时见时伏；下至稷门，汇为巨渎[2]；穿城绕郭，汹汹相续。自开府之品题，成游人之胜瞩。朱槛拂人，丹楼碍目，云是旧时所为，当年所筑。

　　尔其石中含窍，地下藏机，突三峰而直上，散碎锦而成漪。波汹涌而雷吼，势滃洞而珠垂；砰訇兮三足鼎沸，鞺鞳[3]兮一部鼓吹。沉鳞骇跃，过鸟惊飞，羌无风而动藻，径上栏而溅衣。

　　夜气长薰，涛声不断；沙阵抟[4]云，波纹似线；天光徘徊，人影散乱；快鱼龙之腾骧，睹星河之隐现；未过院而成溪，先激沼而动岸；漱玉喷花，回风舞霰；吞高阁之晨霞，吐秋湖之冷焰。树无定影，月无静光，斜牵水荇，横绕荷塘，冬雾蒸而作暖，夏气缈而生凉。

　　其出也：则奔腾澎湃，突兀匡襄[5]，噌噌吰吰，焰翠色以盈裳。其散也：则石沈鹘[6]落，鸟堕蝶飏，泯泯棻棻[7]，射清冷以满眶。其清则游鳞可数，其味则瀹茗[8]增香，海内之名泉第一，齐门之胜地无双。

　　迨夫翠华东，警跸[9]至，天颜喜，词臣侍，爰飞鸾凤之书，写成蝌蚪之字，如飞燕之凌风，似惊鸿之舒翼，穹碑临池，辉影万世。东海之游人顾而叹曰："幸哉泉乎！滔滔滚滚，几百千年，夜以继昼兮，无一息之曾闲。谁知千载而下兮，邀圣主之盘桓。诚一时之隆遇兮，觉色壮而声欢。"乃歌曰："东园杨柳树，西

名家笔下的老济南

园桃李花。不逢邹生吹暖律,空闻苔莓老山家。喜澎腾⑩之小技,乃分太液之余华。"

注释

①蒲松龄：(1640～1715)，字留仙，别号柳泉居士，世称聊斋先生，自称异史氏，济南府淄川（今山东省淄博市淄川区洪山镇蒲家庄）人，清代杰出文学家、优秀短篇小说家。
②渎（dú）：水沟。
③鞺鞳（tāng tà）：形容波涛声。
④抟（tuán）：揉，凭借。
⑤匡襄（kuāng xiāng）：辅佐帮助。
⑥鹘（gǔ、hú）：鸟。
⑦泯泯棼棼（mǐn mǐn fén fén）：纷乱的样子。
⑧瀹茗（yuè míng）：煮茶。
⑨警跸（jǐng bì）：古代帝王出入时，于所经路途侍卫警戒，清道止行。
⑩澎腾（pēng téng）：浪涛汹涌。

译文

　　山东的泺水（包括趵突泉水），发源于河南王屋山。水在地下潜流，至济南城西便喷出地面，形成泉池。泉水穿城绕郭，日夜不息地奔腾喷涌。宋代诗人赵抃首先写诗对它进行过赞美，这里逐渐成为游览胜地。泉边朱栏回廊、高楼巍峨，皆是当年所建。
　　作者想象泉底藏有石洞和神秘的机关，使得喷出的三股泉水像耸立的山峰，散开的水珠又被阳光织成锦缎般的涟漪。泉声轰鸣，倒卷的泉水如珠帘低垂。池中锦鳞腾跃，池上过鸟惊飞。清澈的水中摇曳着水藻，溅起的水花不时地打湿游人的衣衫。

第一章　天下第一泉

　　入夜静谧，泉声更加响亮。泉上水汽蒙蒙，泉中浪花翻涌，天光人影共在水中徘徊；鱼儿跳跃，与天光人影凑趣。出了池子的泉水，汇成溪流。溪水欢快地拍击着两岸，激起浪花飞溅。清晨，泉水拥抱着高阁晨霞；深秋，泉中又喷吐出冷凉的寒气。水中的树影动荡不定，如银的月光也难以平静。水流牵着荇菜，曲曲弯弯地绕过荷塘。冬天泉上云雾蒸腾而飘暖，炎夏泉上水汽缥缈而生凉。

　　泉水从地下喷出，奔腾澎湃，突兀直上，声如雷鸣，泉色染绿了人的衣裳；泉水飘散开来，则如石沉鹊落，鸟坠蝶飞，纷纷扬扬，清冷的水珠射向四方。泉水清澈，清得游鱼历历可数；泉水甘甜，泡的茶水香馨入脾……因此，它被誉为"天下第一泉"，在华夏大地没有能与之比肩者。

　　当朝的康熙皇帝见到趵突泉，便龙颜大悦，奋笔直书，墨笔"如飞燕之凌风，似惊鸿之舒翼"。他题写的"激湍"二字后被刻在碑上，立在泉边，光耀千秋万世。以后的游人看了不禁惊叹："这趵突泉是多么幸运啊！千百年来，它滔滔滚滚，夜以继日。终于迎来了一代圣主前来观瞻，突降的恩宠，令人欣喜！"这正如一首歌作述："东园杨柳树，西园桃李花。它们都未曾遇上邹生吹律使天气变暖的幸运，如同青苔莓草一样老死在穷乡僻壤。而趵突泉却以溯腾小技，享受到皇宫中太液池的荣华富贵！"

 读与思

文中真实生动地写出了趵突泉的壮观风采，表达了作者对趵突泉的热爱和由衷赞美之情，为趵突泉立了一块历史的丰碑。读了这篇文言文节选的内容，你对趵突泉有什么新的认识呢？

《乡园忆旧录》的作者王培荀曾评价蒲松龄是"诗文中白描高手也"，清初著名诗人施愚山则评其文谓"剥肤见骨"。这些都很好地体现在《趵突泉赋》这篇文章中。读了这篇文章，你又是如何评价的呢？

趵突泉的欣赏

◎ 老 舍

千佛山、大明湖和趵突泉，是济南的三大名胜。现在单讲趵突泉。

在西门外的桥上，便看见一溪活水，清浅，鲜洁，由南向北地流着。这就是由趵突泉流出来的。设若没有这泉，济南定会丢失了一半的美。但是泉的所在地并不是我们理想中的一个美景。这又是个中国人的征服自然的办法，那就是说，凡是自然的恩赐交到中国人手里就会把它弄得丑陋不堪。这块地方已经成了个市场。南门外是一片喊声，几阵臭气，从卖大碗面条与肉包子的棚子里出来。进了门有个小院，差不多是四方的。这里，"一毛钱四块！"和"两毛钱一双！"的喊声，与外面的"吃来"联成一片。一座假山，奇丑；穿过山洞，接连不断的棚子与地摊，东洋布、东洋瓷、东洋玩具、东洋……加劲地表示着中国人怎样热烈地"不"抵制劣货。这里很不易走过去，乡下人一群跟着一群地来，把路塞住。他们没有例外地全买一件东西还三次价，走开又回来摸索四五次。小脚妇女更了不得，你往左躲，她往左扭；你往右躲，她往右扭，反正不许你痛快地过去。

到了池边，北岸上一座神殿，南西东三面全是唱鼓书的茶棚，唱的多半是梨花大鼓，一声"哟"要拉长几分钟，猛听颇像产科医院的病室。除了茶棚还是日货摊子，说点别的吧！

泉太好了。泉池差不多见方，三个泉口偏西，北边便是条小

名家笔下的老济南

溪流向西门去。看那三个大泉,一年四季,昼夜不停,老那么翻滚。你立定呆呆地看三分钟,你便觉出自然的伟大,使你不敢再正眼去看。永远那么纯洁,永远那么活泼,永远那么鲜明,冒,冒,冒,永不疲乏,永不退缩,只是自然有这样的力量!冬天更好,泉上起了一片热气,白而轻软,在深绿的长的水藻上飘荡着,使你不由得想起一种似乎神秘的境界。

池边还有小泉呢:有的像大鱼吐水,极轻快地上来一串小泡;有的像一串明珠,走到中途又歪下去,真像一串珍珠在水里斜放着;有的半天才上来一个泡,大,扁一点,慢慢地,有姿态地,摇动上来,碎了;看,又来了一个!有的好几串小碎珠一齐挤上来,像一朵攒整齐的珠花,雪白;有的……这比那大泉还更有味。

新近为增加河水的水量,又下了六根铁管,做成六个泉眼,水流得也很旺,但是我还是爱那原来的三个。

看完了泉，再往北走，经过一些货摊，便出了北门。

前年冬天一把大火把泉池南边的棚子都烧了。有机会改造了！造成一个公园，各处安着喷水管！东边做个游泳池！有许多人这样地盼望。可是，席棚又搭好了，渐次改成了木板棚；乡下人只知道趵突泉，把摊子移到"商场"去（就离趵突泉几步）买卖就受损失了；于是"商场"四大皆空，还叫趵突泉做日货销售场；也许有道理。

读与思

老舍先生称济南是他的"第二故乡"，他对济南是热爱的。《趵突泉的欣赏》中老舍先生运用大量的笔墨，细致地描述了大泉小泉的美，表达了其挚爱之情。文中运用拟人、比喻、排比等修辞手法，写出了泉水的活力和多姿态。文中多次用了"冒"这个字，把趵突泉写得活泼又有生机。我们应像泉水一样不知疲倦地前进，勇往直前。

名家笔下的老济南

趵突泉

◎张恨水

在济南看完了大明湖，就是看这里天下驰名的泉水了。这里著名的共有三道泉，就是黑虎泉、珍珠泉和趵突泉。珍珠泉在省人民政府之内，这里不谈。黑虎泉离朋友家中不远，转弯就到。泉是三股，三个虎头，由地上喷出来。泉的前面，有一濠。人家的濠都是浑水，这里却是清水，因为这里从前是南门外，所以有这道濠。现在拆了城墙，填平大马路，所以看不出是濠。

黑虎泉看过，我们去看趵突泉。这里趵突泉是济南七十二泉中第一泉，所以人都要看。出了西门，由一条人行巷中前行，还没有到泉，就见两旁水沟，水势非常汹涌。后来进了泉门，一看已建筑了两重房屋。一座大池子，水中间涌出几粒细珠，池旁有石碑，上刻"第一泉"三个字。这里已有很多人观看。再过去，池头搭了一座平板石桥，隔桥观看，只见池的中间，忽从地底下翻涌泉水出来，这泉真的有水桶那么粗，头上尽翻白色，这就是趵突泉了。据《老残游记》里说，共有三个。我们只看到一个。是老残夸大哩，还是几十年前，真有三个呢？这还得问老济南。这里有一座茶社，我们便进去泡了一壶茶，坐下对这泉水仔细地观看。看了许久，只觉是泉头那样粗大，周年不息，这真是一奇。据说，还是周年不冻，无论怎样冷，泉水还是汹涌地流注。这一池水，自然很清，但是池塘底下，常常冒出一股清泉，比这水还清似的，慢慢涌到水面，有洄纹流起，你看得很清楚，这种泉水

还很多，只看那洄纹，去了一个，又上来一个，这也不是别处泉水里所能看到的。古来人家赏玩趵突泉，总题上两句诗。《随园诗话》中有句"常翻庐瀑布，长涌浙江潮"。但是夸大得可以，太不近乎写实了。看这泉流，坐了许久。后来我想起济南朋友常常告诉我，济南蒲菜很不错，就让朋友请我上了一回馆子，要的菜是黄河鲤鱼、清炖蒲菜。据馆子里人相告，还是大明湖的蒲菜呢。

济南耽搁两天，我便坐火车回北京。沿途拉杂写成"杂志"，自愧无生花妙笔，描绘不出祖国锦绣河山。

读与思

这是我国著名小说家张恨水先生的一篇游记散文。作者没有着力描绘趵突泉胜境，而是在与老济南人的交流中，在市井人情的来往中，赞叹趵突泉之喷涌不息的壮丽与气度。在风景秀雅的湖光山色之间，在闻名遐迩的趵突泉之岸，品尝济南的传统名菜更化为一种文化盛宴，让人回味良久。作者最后写到"描绘不出祖国锦绣河山"，你是怎么理解的？

群文探究

1. 阅读这一组文章，找出文中描写趵突泉的语句。请你对比一下，说说哪一句最能写出趵突泉的美，并说说为什么。

语句：_____

_____

原因：_____

_____

2. 读了文章，趵突泉给你留下了怎样的印象？请用一首小诗或者简洁的语言来写一写。

_____

_____

_____

第二章　一城山色半城湖

四面荷花三面柳，一城山色半城湖。

　　大明湖是济南的独特风光，清朝才子的这副对联镌刻在济南市大明湖大门的楹柱上。湖的四面有清美的荷花，三面是依依翠柳，半座城的景致倒映在湖水之上。

　　南部的千佛山，古称历山。山上峰峦起伏、林木茂盛，更因古代相传是舜耕之地而闻名。登上半山腰"齐烟九点"坊，登上一览亭，凭栏北望，你会看见近处大明湖如镜，远处黄河如带，泉城景色一览无遗。

　　那就让我们走进这一组文字，走进扑面而来的名家笔下的泉城吧。

扫码立领
★ 名师朗读
★ 美文微课
★ 城市印象
★ 老城记忆

组诗两首

游湖十绝

[明] 张鹤鸣①

佛山②影落镜湖③秋，湖上看山翠欲流。
花外小舟吹笛过，月明香动水云舟。

注释

①张鹤鸣：(1551～1635)，字元平，号凤皋，南直隶颍州焦陂镇张寨村（今安徽阜南县新村镇天棚集村）人，明朝万历十八年(1590)进士，官至兵部尚书、工部尚书、太子太保、太子太师。
②佛山：指千佛山。
③湖：指大明湖。

译文

秋日一平如镜的大明湖，映出千佛山的倒影，浓翠的山色好像在湖中流动。忽然一声竹笛，一只游船携着花香掠过，在明亮的月光下驶向烟水苍茫的深处。

西湖纳凉

[宋] 曾 巩[①]

问吾何处避炎蒸，十顷西湖照眼明。
鱼戏一篙新浪满，鸟啼千步绿阴成。
虹腰[②]隐隐松桥出，鹢首[③]峨峨画舫行。
最喜晚凉风月好，紫荷香里听泉声。

注释

①曾巩：(1019～1083)，字子固，世称南丰先生，江西抚州南丰人，出生于建昌军南丰（今江西省南丰县），后居临川，北宋文学家、史学家、政治家。文学成就突出，位列唐宋八大家。

②虹腰：彩虹的中部。

③鹢首：画有鹢形的船头。鹢：水鸟，古时将其形画于船头。

名家笔下的老济南

译文

　　问我在什么地方躲避炎炎夏日，那广阔的大明湖能够让我眼明心静。鱼儿在湖里游玩嬉戏，鸟儿鸣叫，走在湖边，绿阴长长。

　　远处的彩虹隐隐约约地从松林的桥边露出，湖里的船儿翩翩地穿来穿去。最欢喜的是在晚凉的清风里，嗅着阵阵荷花的清香，听那趵突泉哗哗的喷涌声。

读与思

　　有人说，没有山水胜迹的城市是缺乏灵气的城市，没有人文积累的城市是缺失底气的城市。济南，她有山有水有人文，吸引了众多文人墨客纷至沓来、慕名游观。读了这组古诗，你对大明湖、千佛山的特点有了怎样深刻的印象？诗中提到的"佛山影落""十倾西湖"……等着你去一探究竟。你不妨为自己设计一条路线，去大明湖荡舟，去千佛山游历，像古人一样带着思考，从自己的视角出发，去发现济南的山水之美。

历山秋眺

◎侯　林

尽管济南人仍习惯将它称为千佛山，但它最具光彩和自豪感的名字是历山，或者，舜耕山。所以，当济南的"新八景"评选将它的名字定为"历山秋眺"时，我就想："新八景"中一个最具深意和最具诗意的名字终于出现了。

山不算大，但古朴、优雅。你顺着西边的山路往上走，首先看到的是唐槐亭，它虽建于上世纪七十年代，但很是斯文。此处原为曾公祠（曾巩对济南的贡献真是千古一人，纪念他最为得当），后为胡国公祠，如今改为唐槐亭，真是越改越缩小了意义；接着是齐烟九点、仰观俯察、云径禅关、峰回路转等坊，那真是绝妙好词对应着恰如其分的绝妙好景。兴国禅寺不大，但有韵味，给济南人的感觉如同趵突泉的东门，虽则旧，虽则小，但那雅致超逸的味道，却是任何高门崇楼所不能取代的。

兴国寺的楹联很有特点，上联"暮鼓晨钟惊醒世间名利客"，下联"经声佛号唤回苦海梦迷人"，有着一种不以名利为念、追求崇高精神境界的超脱情怀。我相信许多济南人都受过它的启发与熏陶。这里还是观景的佳处，犹在夏日，清凉无比。古人有"七月欲尽热似炙，来此忽然风生脚"的妙句。这里景致也美，即便在山下或远处望它。刘鹗在《老残游记》中写道：

到了铁公祠前，朝南一望，只见对面千佛山上，梵宇僧楼，与那苍松翠柏，高下相间，红的火红，白的雪白，青的靛青，

名家笔下的老济南

绿的碧绿，更有那一株半株的丹枫夹在里面，仿佛宋人赵千里的一幅大画，做了一架数十里长的屏风。

如果你以为刘鹗在这里只是写千佛山或兴国寺，那就错了。他是借此引出那个神秘莫测的盖世奇观——"佛山倒影"。他接下来写道：

正在叹赏不绝，忽听一声渔唱。低头看去，谁知那明湖业已澄净的同镜子一般。那千佛山的倒影映在湖里，显得明明白白。那楼台树木格外光彩，觉得比上头的一个千佛山还要好看，还要清楚。

济南南面的千佛山和北面的大明湖相距五六公里，然而海拔不到三百米的千佛山却能倒映在大明湖中，形成"佛山倒影"的奇观。自古以来，这一现象引起了人们的极大兴趣，许多游人不远千里前来观赏。元初大诗人元好问作《大明湖泛舟》一诗，其中诗句"看山水底山更佳，一堆苍烟收不起"，真是写尽了"佛山倒影"的仪态和风韵。

而千佛山的妙处还不仅仅在此。

真正写出千佛山的独特魅力的，是艾芜。

他在《游千佛山》一文中这样说，到了千佛山，一开始感觉很平常，不怎么秀丽，不怎么壮伟。但当你爬上山去，然后掉回头来，陡然望见"盆一样的大明湖，躺在万家烟火的济南城里。带似的黄河，绕在苍茫无际的天野时"，你的心便会激动起来，激动得无以复加……

从美学的角度说，这叫借景。景致不是千佛山本身固有的，但只有在千佛山上才能够更好地看它、欣赏它，任何别的地方都不行，这就无疑成为千佛山的独有资源了：不是我的，全部让我占有了；不是我的，全部让我利用了。这正是最高的智慧境界。因而，借景，非同小可，它其实是囊括人世间一切的大智慧、大技巧！

还有，秋天是济南最美的季节，登山眺远，天高云淡，层林尽染，秋湖一镜，烟树万家，黄河帆影，齐烟九点……一切都历历在目，怎能不令人目醉神迷。

"历山秋眺"表达出这座山最大的特点、最大的优势之所在。这也许是"新八景"评选中唯一一个超越了传统名称的吧。

（节选自《历山秋眺：命名的深意与诗意》）

读与思

千佛山位于山东省济南市历下区，古称历山，因古史称舜在历山耕田的缘故，又曾名舜山和舜耕山。隋开皇年间，因佛教盛行，在山上雕刻了数千佛像，故后称千佛山，与趵突泉、大明湖并称济南三大名胜。文中作者不仅写了自己登千佛山的经历，还特别提到了刘鹗笔下的"佛山倒影"，以及艾芜先生游千佛山的心情，从多个视角为我们展现了千佛山之美。文中提到"历山秋眺"能表达出千佛山的特点和优势，你能说说为什么吗？在秋天去千佛山吧，亲身感受一下作者笔下的胜景。

名家笔下的老济南

竹枝词里的大明湖

◎肖复兴

　　一直以为，北方城市里，济南是很特别的。特别之处在于，它比一般的北方城市多了一份江南的妩媚和湿润。细想一下，是因为它多水的缘故，而且，这水集中在古历下城内，就更是一般北方城市难有的了。大明湖和七十二泉，便成为济南的象征和代言，徒让北方的城市羡慕了。天津有水，海河穿城而过，却没有大明湖那样漂亮而轩豁的湖；北京倒是有湖，昆明湖，名气也不小，却是远在城之外了。更何况，大明湖是由七十二泉的泉水汇聚而成，就比人工挖掘的昆明湖，更多了一份浑然天成的自然和清冽。

第二章　一城山色半城湖

所以，老舍先生早在上个世纪40年代就说过济南是"北方唯一的水城"。他进一步解释："山在北方不是什么难找的东西呀，水，可太难找了。济南城内据说有七十二泉，城外有河，可还得有个湖不可……这才显出济南的特色与可贵。"然后，他感慨道："济南的不凡，不但有水，而且是这样多呀！"这样多的水就在大明湖。

记得第一次到济南，是上个世纪70年代，下了火车，先奔大明湖，为的就是看北方城市里难有的这样多的水。因是在城内，很快就到了。那时候的大明湖，没有如今这样多的建筑，沿堤也少有围栏，四周也少有高层楼房的遮挡，充满城市中难得的野趣，水天一色，让湖水显得更加开阔。或许更像古历下城的大明湖吧，或者更像刘鹗的《老残游记》和老舍小说《大明湖》里的大明湖吧！山水风景和音乐一样，即便历过经年岁月的磨洗，依然会面貌依旧，风情依旧，清风徐来，飘荡着昔日一样美妙的旋律。

后来读《中华竹枝词全编》，发现其中"山东卷"里的竹枝词大多是写济南，写济南的又大多是写大明湖。可见大明湖不凡的地位。民间流传下来的竹枝词，让大明湖不仅有音乐的旋律，更多了诗的韵律，有了和时间一样绵长的味道。

名家笔下的老济南

未到济南前,便早听说济南有"四面荷花三面柳,一城山色半城湖"一说。读清竹枝词"四面荷花柳线长,一城山色映沧浪,天然妙句留楹帖,输与风流老侍郎"方才知道,这个对济南概括得最准确也最有名的句子,出自清末老侍郎刘凤诰的手笔,这首竹枝词下有这样的一条自注:"刘金门少宰于铁公祠留一楹联云:'四面荷花三面柳,一城山色半城湖。'"前人炼句炼字的能力,超过今天我们洋洋洒洒的旅游说明书。

这副楹联道出了大明湖独具的特色,便是大明湖的荷花、柳树,还有就是它的水多,占据面积之大。可以说,它是日后所有写大明湖的竹枝词的鼻祖,因为所有写大明湖的竹枝词,都离不开这三个特点。

正因为有了这样的水、柳和荷花三位一体的集中体现与展示,济南这座古城,才和一般的北方城市风光与性格不同,才具有了南方的一些特色。宋人黄山谷早就有诗"济南潇洒似江南",竹枝词里便紧随其后乐此不疲地一再吟唱"城北湖光罨画长,水田漠漠似江乡""朋来寻乐话喃喃,赊酒一瓶鱼一篮,名士美人都不记,湖山潇洒似江南",以至后有竹枝词不满如此一味的旧调重弹,而写道"未必江南如此好,可怜只说似江南",直说江南难比济南好了,有点儿山东人的气魄。

清末还有这样一首竹枝词,最让我流连:"图书新馆傍湖开,汉偈秦碑剥绿苔,千古文人属邹鲁,蜀车绕过济南来。"它是专门记录当时大明湖畔新建的图书馆的。重视文化,重视读书,我以为,这是大明湖的魂,有这个魂在,大明湖的水、柳和荷,才有了长在的生命和情感,才有了别样的美丽和魅力。

(选自2013年6月12日《人民日报》,有删节)

读与思

　　大明湖的秀丽景色不光在游客们的眼中，更在文人墨客的竹枝词中。肖先生通过搜集和阅读大量有关大明湖的竹枝词，让大家从多个视角感受古往今来不同名家对于大明湖美的概述和讨论，使大明湖的景色多了不同的新颖角度。那么喜爱读书的你，又知道哪些名人写的关于大明湖的竹枝词呢？

群文探究

1. 阅读这一组文章，试着把大明湖和千佛山推介给你的朋友吧。写一写你的推介词：

大明湖	千佛山

2. "四面荷花三面柳，一城山色半城湖"，说的就是"泉城"济南。这是一座以泉水众多、风光明秀而著称于世的美丽城市。济南城内百泉争涌，向有"名泉七十二"之说。其实，历代诸家所记不尽相同，济南泉水亦不止72处，仅市区就有大小泉池百余处。请你也去寻访一下济南的名泉，试着给你找到的名泉做个名片吧。

名泉名称：_____

地址：_____

特点：_____

第三章　羡煞济南山水好

羡煞济南山水好，几时真做济南人。

　　济南潇洒似江南，济南的美在大明湖里，在趵突泉里……但更在那些山山水水里：华不注山、超然台、灵岩寺……数也数不尽。

　　早在七百多年前有人把这些秀美景色都画入画中——被誉为元代文人画代表作的《鹊华秋色图》就是其中一幅。画中，两山相对，鹊山漫圆，华山高耸，树木茂盛，秋色凝人，大气古远。一幅画让人记住了济南，记住了华山、鹊山……更有大家把这些美景很早就写入了诗文里。走进这组文字，让我们感受济南方方面面的美，尽情领略济南的胜景吧！

扫码立领
★ 名师朗读
★ 美文微课
★ 城市印象
★ 老城记忆

名家笔下的老济南

组诗两首

华不注

[清] 黄景仁①

卓地②青莲忽千仞，虎牙③森立羊肠纤④。
更无山附始知峻，尚许客登何患孤！

> 注释

①黄景仁：(1749～1783)，清代诗人，和王昙并称"二仲"，和洪亮吉并称"二俊"，为毗陵七子之一，著有《两当轩集》《西蠹印稿》。
②卓地：直立于地。

③虎牙：山如虎牙。
④纡（yū）：弯曲，绕弯。

译文

华不注山如青莲拔地而起，若有千仞。山像虎牙一般森立，羊肠小道弯曲盘绕。四周空旷没有别的山来依附，更显出它的峻拔。游客可以攀登，何必害怕这样的孤峰。

鹊山亭

[宋] 曾 巩

大亭孤起压城颠，屋角峨峨①插紫烟②。
泺水飞绡③来野岸，鹊山浮黛入晴天。

注释

①峨峨（é）：山体高大陡峭。
②紫烟：山谷中的紫色烟雾。
③绡（xiāo）：生丝织物。

译文

鹊山亭挺拔而立在城巅，屋角高大插入云霄，山谷升腾起紫色烟雾。泺水如同天际飞来的一束生绡，两岸分明，鹊山碧绿的溪水流入晴朗的天际。

名家笔下的老济南

读与思

在古代文人墨客的笔下，一幅《鹊华秋色图》就这样灵动地展现了出来。谁说济南只有大明湖、趵突泉、千佛山？那些你不知道的名胜古迹里也藏着无数关于济南的故事。正是这些景色的存在，才使得济南的美变得更加丰富多彩。请带着你对济南的向往，跟随作家的笔尖，一起来深入了解一下吧。

游灵岩记（节选）

◎［清］姚　鼐[1]

　　泰山北多巨岩，而灵岩最著。余以乾隆四十年正月四日自泰安来观之。其状如垒石为城墉[2]，高千余雉[3]，周若环而缺其南面。南则重嶂蔽之，重溪络之。自岩至溪，地有尺寸平者，皆种柏，翳高塞深[4]。灵岩寺在柏中，积雪林下，初日澄澈，寒光动寺壁。寺后凿岩为龛[5]，以居佛像，度其高，当岩之十九，峭不可上，横出斜援[6]乃登。登则周望万山，殊骛而诡趣[7]，帷张而军行。岩尻[8]有泉，皇帝来巡，名之曰"甘露之泉"。僧出器，酌以饮余。回视寺左右立石，多宋以来人刻字，有墁[9]入壁内者，又有取石为砌者，砌上有字曰"政和"云。

名家笔下的老济南

注释

①姚鼐（nài）：（1732～1815），字姬传，世称惜抱先生，安庆府桐城（今安徽桐城市）人，清代散文家，与方苞、刘大櫆并称为"桐城派三祖"，著有《惜抱轩诗文集》。

②城墉（yōng）：城墙。

③雉（zhì）：古代计算城墙面积的单位，长三丈、高一丈为一雉。

④瘗（yì）高塞深：遮掩高处，填塞深处。

⑤龛（kān）：供佛像的石室。

⑥斜援：斜出可供攀援之石。援：牵引，攀附，援助。

⑦殊骛（wù）而诡趣：山势如万马奔驰般奇形怪状。诡：怪异。趣：通趋，急速地奔驰。

⑧岩尻（kāo）：山岩的末端。尻：脊骨末端。

⑨墁（màn）：镶嵌。

第三章 羡煞济南山水好

译文

泰山以北大山很多，而灵岩最有名，我于乾隆四十年正月初四从泰安来灵岩游览。灵岩的形状像石砌的城墙，高千余丈，周围环抱着的群山像个玉环；南面为群山的缺口。缺口南面有重叠的山岭遮蔽着，条条的溪流环绕着。从山岩到溪流，只要有一点平地的地方都种植着柏树，柏树覆盖着高高的山岭，塞满了深深的崖谷，而灵岩寺就在这荫翳蔽空的柏林中。当时大地布满了积雪，初升的太阳显得明朗清澈，深冬的阳光照在寺院的墙壁上，光影慢慢地移动。寺后的山崖上有供佛用的石龛，酌量它的高度，大约在接近崖顶的地方，山崖十分陡峭，不可直上，只有有时横行、有时侧身攀援才能上去。登上灵岩山山顶眺望，只见四周的群山如万马奔驰，姿态非常奇异，又像军队移动，搭起了行军的帐篷。山崖脚下有泉，乾隆皇帝来巡游时，命名为"甘露泉"。寺的和尚拿出碗勺，让我们尝尝甘露泉的水。我扭头去看寺院左右的石碑，它们大多是宋代以后建立的，有的镶在墙上，有的用石块砌成，石碑上面有字，刻着北宋末年徽宗政和的年号。

读与思

灵岩寺是济南著名的文化遗址，而姚鼐先生的文章风格却更像游山记。这也从侧面反映了灵岩寺不光文化底蕴深厚，周边景色更是奇特秀丽。本文内容充实，语言精练，布局精巧，耐人寻味。如果有机会的话，你是否也愿意来济南目睹这一美景呢？

名家笔下的老济南

鹊山（节选）

◎简 墨

黄河就是一片书脊，打开它，左边是八座小山，右边就是鹊山，组成一本土石制成的大书，每一页都不相同，而鹊山这一页格外值得熟读背诵。

从那里回来之后，常常会想念它，想念那里的黄水青山、一草一木。于是回头，一次次地去——人与人之间有所谓的一见倾心，人与山、与水、与一个物件、与一个地方也有，我始终相信。

又是秋天，当然还要去鹊山，当然还要朝往而暮归。"秋快深了，估计树叶也红了，该选个好天气出发啦。"动了这个念头，就像怀揣了一袋响豆，拉上磊子就走。阳光如蜜蜡，加上八百年的墨香风吹呀吹的，拔着丝，香甜的好心情就跟着我们的脚步往北去，一直往北，一直北到城外。

济南城坐落在黄河南岸，作为"齐烟九点"中唯一位于黄河北岸的一座山，鹊山稍显偏僻，一副不露、不群的样子，绵延圆润，温吞吞的，病牛卧残阳，本身就是一幅宋人图画。

第一次看到它是在驱车北行的路上。黄河在济南城北，大致是东西流向，而经过鹊山后向北拐个直角的大弯。这样一来，鹊山和对岸的华山就形成对开的大门，让黄河水从两座山之间流走。"山有曲折致灵，水有波澜致清"，山水相得，想来该是个神仙居处，而一座挨黄河最近的山，大概除了秀气，与一般的小山包也有些内里的不同吧。

"鹊山"的"鹊"和"喜鹊"的"鹊"是一个字。据说与扁鹊曾在此炼丹，死后葬于此有关。也有一说，说是相传昔日每年七八月间，乌鹊飞翔，布满山巅，聒噪嬉戏，因此得名。这里乌鹊确实很多，上山前在山林间走走，时时都能听到乌鹊和其他鸟儿的叫声，随处可见对对乌鹊在飞。现在山上只有当代人筑造的圆亭，原有的鹊山寺、扁鹊祠等古迹早已经消失了，而传说中的扁鹊坟还在。山的西侧是一个很大的土丘，像个山，高高的，用青石围住，康熙年间立的石碑上刻"春秋卢医扁鹊之墓"八字。丘上植有一棵芙蓉树，枝叶蝎蝎蛰蛰的，铺散得很开，繁花胭红，开得如婴孩梦境，将土丘遮去大半。据当地人讲，丘下有个大洞，掘土听时，嗡嗡作响，很是神道。而整个村子，他说都是扁鹊后裔。因为美好，我就信了这个说法。在扁鹊墓不远处，正有一队小羊，排队横过了马路，啃啃青草，甩着小尾巴，在草地上闲逛——也许，它们也是扁鹊家养的羊的后裔吧？要不怎么多少有些仙风道骨？放羊的半大孩子，停羊在草坡上，躺树下草帽盖脸，不一会儿，就跷着二郎腿睡着了，腿一歪一歪的，他也不醒。这孩子，好像是从杜牧《山行》里走出来，专门迎接我们似的。否则，我不知道路上为什么要有个他，放什么奇奇怪怪的小羊。

鹊山古迹很多。山西侧曾有"鹊山寺"，是上好的习静处，为宋时创建，坐北朝南，分为南北两院，内有佛爷、菩萨、罗汉等神像。另外，还有"万善寺""扁鹊祠""黄桑院""二郎炕"等，不一而足。现在寺院、祠堂、亭子、大院悉数毁去，只剩旧时乌鹊，啼叫如旧……

站在新建的鹊山桥上，望鹊、华二山，雾气弥漫中，《鹊华秋色图》渐渐现出面目，带着欣喜又轻柔的光芒，叫人感谢造化永恒的同时，也赞叹艺术的永恒。而图中所描写的河上小舟的风景，今天却无法重现了。因为当时那条河叫大清河，后来被黄河吞并。唯一原封未动的，只剩下鹊山。

不用添什么手脚，自然就是自然，并埋伏着众多细节。从山下望它时，只见略有起伏，不见主峰，山峰性子很缓，像棵没什么个性的墙头草。可是抬脚登临，一下子就觉出了它内里憋着的一股劲儿。宫崎骏的动画片里就有这样的镜头，人沿着陡坡一路前行，走至人迹稀少的高处，就偶遇了另一个非日常的全新世界：山上怪石好多啊，突然跳出来，挡住去路。有的壁立千仞，冷面冷心，无欲则刚；有的悬空欲飞，却又向内折回，头上树木蓬蓬松松的，绿得地动山摇。这匪夷所思的绿，由一片一片的细小之绿组成，增加了一座山的厚度，使它周身散发出沉沉的老迈之气。

鹊山腐朽而迷人，仿佛里面藏有万千兵卒，瞬间即招引来春秋时的战争、南宋时的马。如此看着、想着，就觉得鹊山真老啊，老得似乎还没有这个世界时，就已经有这座山了。

读与思

一提到济南，相比于千佛山和华山，鹊山这个名字仿佛不是那么让人熟悉。扁鹊在此炼丹的传说，给这座看起来平平无奇的小山丘蒙上了神秘的色彩。而作者笔下的鹊山秋色又给这座看似平凡的山添上了浓墨重彩的一笔。如果你恰好在秋天来到济南，一定要去看看鹊山的秋色。

我的优雅的曲水亭

◎王 文

风雨晨昏。

不知度过了多少个时日，我对这座城市的陌生与疏离却始终未曾解除。

记得那是个清晨，为拍摄济南市"五一"旅游宣传片，我来到了这个名曰"曲水亭"的所在。

出珍珠泉的北门，拐了一个弯，我便被眼前的景象震撼了：小桥流水，垂柳飘拂，民居错落，曲巷藏幽。一瞬间，便令我产生出无限的欣喜。侧身看一看清澈的河水，那样清晰地照见了自己呵，那水中的绿藻正托着我的影儿在委婉地扭动着。这片绿色太可爱了，绿得如此纯粹！当时我就认定这里一定是老舍写绿藻的地方了，因为"那份儿绿色，除了上帝心中的绿色，恐怕没有别的东西能比拟的"。这些景象如此诗意地存在，真是摄人心魄！这是那似曾相识的江南水乡，还是那个多少年来想象中的人间仙境？此刻，我觉得自己的家就在这里，好像是经过了多少年的找寻才找回了这个家。

就在这一刻，我对这座城市的感觉也陡然发生了转变。

此后的多少次，我最喜欢带着家人朋友来到这里，每次看到的风景都让我陶醉。站在起凤桥上，一眼看到那湾清澈的溪水（那可是刚刚从濯缨泉涌出的泉水呐），就再也不想离去。谁会想到，在不起眼的墙角和院后，会风情万种地袅娜出一条如此优雅的溪

名家笔下的老济南

河来呢？

这条河让我读懂了"惊艳"的内涵。

如果是清晨，河上会飘着淡淡的水雾，染柳烟浓，如诗如画。此时，你真的会幻想有类似洛神或江妃的神女踏波而来。如果是在雨后，稀疏的阳光会透过白墙灰瓦的缝隙，落在水面上，绿透的水面泛着灿灿的金光，并不时变幻着各种色彩。是的，在我的心月中，这条溪河是一个不施粉黛却风姿绰约的美人儿，她宁静而有风度地流着，一个美到极致的存在，却只是藏在小巷的深处，没有夸耀，没有张扬。然而她毕竟是高贵的、典雅的。站在桥上，你只能默默地欣赏她，"可远观而不可亵玩"。因此，我想，她许是了解你的心思的，过了起凤桥，她就从你的脚下流过来，亲近你，又一路穿街绕巷，奔大明湖而去……

这里是济南"家家泉水，户户垂杨"的标志性地带，所以，几乎家家都有泉，而除了家里的泉，在曲水亭一带却又有着另一种独特的泉水景观——泉在街头巷尾。如"刘氏泉"，还有"腾蛟泉"，"腾蛟"和"起凤"是对应着的，它有着对那些读书的士子们最美好的祝愿。在王府池子街和起凤桥街的交叉口上，"腾蛟泉"三字系清人李倩所书,他也是咱济南的一个颇有才华的诗人和名士呢。

后来,因为工作和个人爱好的关系,读了一些济南历史文化的书,就更加深了对曲水亭的了解:原来,这里不仅精致优雅,而且有着深厚的文化积淀。据《水经注》记载,早在北魏时期,人们便在这里引泉水为"流杯池,州僚宾燕,公私多萃其上"。因为是文人雅士们"曲水流觞"的所在,所以此处才有了一个如此优雅的文气郁然的名字。而沿曲水亭街路向北,有一片阔大的水域,那是被清代诗人董芸称为"小市青帘柳外飘""白蘋风起晚萧萧"的百花洲。数百年前,这里曾经耸立着一座三层小楼,人称"湖上白雪楼",筑楼而居的是明代"后七子"领袖李攀龙。因白雪楼建在水中央,四面环水,所以要用小舟摆渡。然而上得楼来的却非常人,李攀龙利用这片水域杜门谢客,只对情意相投者如殷士儋、许邦才等文人雅士开放。他们诗酒酬答,累日不倦,"湖上衔杯弄白云",何等的潇洒快意!而俗客与官员来,则不放舟。这种文化至上的价值追求、清高绝俗的文人清骨,才是咱们济南人的性格本色。想到这里,我不禁暗生尊崇钦羡之心。人品即诗品,这也难怪他的诗写得那么有境界,如王士禛所言是"峨眉天半雪中看"呢!

曲水亭街多柳。曲水亭的人家总是柴门临水、垂柳含烟。所以,我总怀疑那个在清代数一数二的大诗人田雯(田山姜)当年的寓所就在这里。这有他的《友人书来询予卜居所在》诗为证:"卜居决意在湖乡,风雨春深底事忙。近得一庐仅容膝,柴门临水两垂杨。"

田雯祖籍德州,属济南府管辖,他在著作中总是称自己是"济

名家笔下的老济南

南田雯"。作为济南人,他对大明湖和曲水亭的热爱更是不足为怪了。

在这里,留下深刻的生命印记的还有只比田雯小五岁的蒲松龄。当年,他无数次地来省城赶考,常常就卜居在大明湖边。他的那首名曰《客邸晨炊》的诗,真实描绘了他在大明湖畔赁屋起灶,清晨用泉水淘米做白米粥,以自种的新鲜蔬菜为菜肴("粟米汲泉炊白粥,园蔬登俎带黄花"),虽穷困却其乐融融的生活状态。

漫步在曲水亭街,人们感受最多的是环境的清新与情调的优雅。如今,在多少文化遗址、风景名胜遭受重创的岁月里,难能可贵的是,历经数百年甚至上千年的时光,曲水亭却将她这样一种优雅中略带感伤的气质一直留存到今天。

清泉、绿柳、石板路、小桥流水人家,一切都宛若人间仙境;还有,那历尽沧桑而不改其道的溪河,溪边那一溜溜高低错落、白墙黑瓦的老屋,那曲里藏幽的老街僻巷,那被岁月打磨得乌黑晶亮的石头,那些沉默了数百年的石碑石刻都仿佛一张张富有表情的面孔,在向后人诉说着那些年代久远的故事。正是这些来自历史深处的文化胎记,让曲水亭的优雅气质,一以贯之地从古代留存到了今天的吧!

想到这里,我不禁释然。

(选自《济南的味道》)

读与思

　　曲水亭街仿佛是隐藏在济南市中心的一块宝藏，这里既是文人墨客吟诗作画的地方，也是自小生活在这里的济南百姓每天洗衣做饭的家园。济南明明是北方城市，却因为有了泉水的滋养，多了江南一带小桥流水人家的情调。作者的文字温婉细腻，写出了曲水亭的诗情画意和烟火气。曲水亭不仅精致优雅，也有着深厚的文化积淀。如果你有机会来到曲水亭街，一定记得点一壶茶坐在河边慢慢地品，品一品不一样的济南。

群文探究

1.《鹊华秋色图》是赵孟頫于 1295 年回到故乡浙江时为好友周密所画，描绘的是济南东北华不注山和鹊山一带的秋景。周密原籍山东，却生长在赵孟頫的家乡吴兴，从未到过山东。赵孟頫既为周密述说济南风光之美，也作此图相赠。你了解《鹊华秋色图》吗？这幅图描绘了怎样的景色呢？

_____

_____

_____

_____

2.这组文章中，提到了很多名胜古迹，如华不注山、灵岩寺、鹊山、曲水亭……你来梳理一下，它们都有哪些特点。

名称：_____

特点：_____

_____

_____

_____

第四章　济南的四季

日日扁舟藕花里，有心长作济南人。

我总想，踏着青草在细雨蒙蒙的春季里，去护城河边走一走；
我总想，在夏季安静的午后在大明湖边，欣赏美丽的荷叶荷花；
我总想，在秋季枫叶翩翩落入泥土时，去红叶谷体会萧瑟的意境；
我总想，在冬季落雪的清晨，站在千佛山顶俯视雪满大地的冬景。
济南的四季，让人如痴如醉，如梦如幻。
那就让我们走进美文中，去欣赏济南令人心醉的四季之景吧！

扫码立领
★ 名师朗读
★ 美文微课
★ 城市印象
★ 老城记忆

名家笔下的老济南

四季组诗

阳关曲①·答李公择②

[宋] 苏 轼③

济南春好雪初晴,行到龙山④马足轻。
使君莫忘䜩溪⑤女,还作阳关肠断声。

注释

①阳关曲:词牌名。
②李公择:即李常,时任齐州(今济南)知州。
③苏轼:(1037~1101),字子瞻,号东坡居士,世称苏东坡,眉州眉山(今四川省眉山市)人,北宋文学家、书法家,为唐宋八大家之一,著有《东坡七集》《东坡易传》《东坡乐府》等。
④龙山:济南郡城东七十里的龙山镇。
⑤䜩(zhá)溪:水名,在今浙江湖州境内。

译文

春光明媚的济南城,雪后的天色刚刚放晴。骑行到龙山镇中,顿觉马蹄轻盈。李太守千万不要忘记䜩溪畔的歌女,她曾不时地唱出令人肠断的《阳关》歌声。

湖[1]上早春

[宋末元初] 赵孟𫖯

溪上春无赖，清晨坐水亭。
草芽随意绿，柳眼[2]向人青。
初日收浓雾，微波乱小星。
谁歌采苹曲[3]，愁绝不堪听。

注释

①湖：指大明湖。赵孟𫖯在济南为官期间，他的府署与大明湖距离不远，他常在空余时间去游湖。
②柳眼：早春初生的柳叶。
③采苹曲：《国风·召南》中有描写少女采摘浮萍为贵族女子出嫁做祭品的《召南·采苹》篇。

译文

溪上的春天是那么可爱，清晨我坐在水边亭子中。草芽一片碧绿，初春的柳叶慢慢泛青。清晨的水面上浓雾渐渐散去，微波粼粼仿佛星光点点。谁在歌唱《采苹曲》，牵惹得诗人愁绪不绝如缕，不愿再听下去。

名家笔下的老济南

读与思

济南城内百泉争涌，素以"泉城"盛誉闻名天下，吸引了历代文人墨客汇聚在此。他们饮酒赋诗，留下了很多赞叹济南四季美景的诗篇。读了上面的古诗，你是否想"日日扁舟藕花里"？是否也会"有心长作济南人"？

其实，描写济南四季美景的古诗还有很多，快去查一查吧，把它们积累下来。如果你有兴趣，也可以模仿着写一写。

济南的秋天

◎老 舍

济南的秋天是诗境的。设若你的幻想中有个中古的老城,有睡着了的大城楼,有狭窄的古石路,有宽厚的石城墙,环城流着一道清溪,倒映着山影,岸上蹲着红袍绿裤的小妞儿。你的幻想中要是这么个境界,那便是个济南。设若你幻想不出——许多人是不会幻想的——请到济南来看看吧。

请你在秋天来。那城,那河,那古路,那山影,是终年给你预备着的。可是,加上济南的秋色,济南由古朴的画境转入静美的诗境中了。这个诗意秋光秋色是济南独有的。上帝把夏天的艺术赐给瑞士,把春天的赐给西湖,秋和冬的全赐给了济南。秋和

名家笔下的老济南

冬是不好分开的，秋睡熟了一点便是冬，上帝不愿意把它忽然唤醒，所以做个整人情，连秋带冬全给了济南。

诗的境界中必须有山有水。那么，请看济南吧。那颜色不同、方向不同、高矮不同的山，在秋色中便越发不同了。以颜色说吧，山腰中的松树是青黑的，加上秋阳的斜射，那片青黑便多出些比灰色深、比黑色浅的颜色，把旁边的黄草盖成一层灰中透黄的阴影，山脚是镶着各色条子的，一层层的，有的黄，有的灰，有的绿，有的似乎是藕荷色儿。山顶上的色儿也随着太阳的转移而不同。山顶的颜色不同还不重要，山腰中的颜色不同才真叫人想作几句诗。山腰中的颜色是永远在那儿变动，特别是在秋天，那阳光能够忽然清凉一会儿，忽然又温暖一会儿，这个变动并不激烈，可是山上的颜色觉得出这个变化，而立刻随着变换。忽然黄色更真了一些，忽然又暗了一些，忽然像有层看不见的薄雾在那儿流动，忽然像有股细风替"自然"调和着彩色，轻轻地抹上一层各色俱全而全是淡美的色道儿。有这样的山，再配上那蓝的天、晴暖的阳光；蓝得像要由蓝变绿了，可又没完全绿了；晴暖得要发燥了，可是有点凉风，正像诗一样温柔。这便是济南的秋。况且因为颜色不同，那山的高低也更显然了。高的更高了些，低的更低了些，山的棱角曲线在晴空中更真了，更分明了，更瘦硬了。看山顶上那个塔！

再看水。以量说，以质说，以形式说，哪儿的水能比济南？有泉——到处是泉——有河，有湖，这是由形式上分。不管是泉，是河，是湖，全是那么清，全是那么甜，哎呀，济南是"自然"的 Sweet heart 吧？大明湖夏日的莲花，城河的绿柳，自然是美好的了。可是看水，是要看秋水的。济南有秋山，又有秋水，这个秋才算个秋，因为秋神是在济南住家的。先不用说别的，只说水中的绿藻吧。那份儿绿色，除了上帝心中的绿色，恐怕没有别的东西能比拟的。这种鲜绿色借着水的清澄显露出来，好像美人借着镜子鉴赏自己的美。是的，这些绿藻是自己享受那水的甜美呢，不是为给谁看的。它们知道它们那点绿的心事，它们终年在那儿吻着水波，做着绿色的香梦。淘气的鸭子用金黄的脚掌碰它们一两下。浣女的影儿吻它们的绿叶一两下。只有这个，是它们的香甜的烦恼。羡慕死诗人呀！

在秋天，水和蓝天一样清凉。天上微微有些白云，水上微微有些波皱。天水之间，全是清明，温暖的空气带着一点桂花的香味。山影儿也更真了。秋山秋水虚幻地吻着。山儿不动，水儿微响。那中古的老城，带着这片秋色秋声，是济南，是诗。

读与思

《济南的秋天》是老舍先生的一篇写景抒情的散文，与《济南的冬天》是姊妹篇。文章以"诗境"为线索，先写出济南秋天的特征，然后再分别描写其山景和水景，脉络清晰，层次分明。作者随手选取一个"您"作为倾诉对象，侃侃而谈，字里行间充满着赞美和陶醉之情。

读了这篇文章，你是不是已经迫不及待想来看看济南的秋天了？那就快来吧！

名家笔下的*老济南*

济南的冬天

◎老 舍

对于一个在北平住惯的人,像我,冬天要是不刮风,便觉得是奇迹;济南的冬天是没有风声的。对于一个刚由伦敦回来的人,像我,冬天要能看得见日光,便觉得是怪事;济南的冬天是响晴的。自然,在热带的地方,日光是永远那么毒,响亮的天气,反有点叫人害怕。可是,在北中国的冬天,而能有温晴的天气,济南真得算个宝地。

设若单单是有阳光,那也算不了出奇。请闭上眼睛想:一个老城,有山有水,全在天底下晒着阳光,暖和安适地睡着,只等春风来把它们唤醒,这是不是个理想的境界?小山整把济南围了个圈儿,只有北边缺着点口儿。这一圈小山在冬天特别可爱,好像是把济南放在一个小摇篮里,它们安静不动地低声地说:"你们放心吧,这儿准保暖和。"真的,济南的人们在冬天是面上含笑的。他们一看那些小山,心中便觉得有了着落,有了依靠。他们由天上看到山上,便不知不觉地想起:"明天也许就是春天了吧?这样的温暖,今天夜里山草也许就绿起来了吧?"就是这点幻想不能一时实现,他们也并不着急,因为这样慈善的冬天,干啥还希望别的呢!

最妙的是下点小雪呀。看吧,山上的矮松越发的青黑,树尖上顶着一髻儿白花,好像日本看护妇。山尖全白了,给蓝天镶上一道银边。山坡上,有的地方雪厚点,有的地方草色还露着,这样,

第四章 济南的四季

一道儿白,一道儿暗黄,给山们穿上一件带水纹的花衣;看着看着,这件花衣好像被风儿吹动,叫你希望看见一点更美的山的肌肤。等到快日落的时候,微黄的阳光斜射在山腰上,那点薄雪好像忽然害了羞,微微露出点粉色。就是下小雪吧,济南是受不住大雪的,那些小山太秀气!

古老的济南,城里那么狭窄,城外又那么宽敞,山坡上卧着些小村庄,小村庄的房顶上卧着点雪,对,这是张小水墨画,也许是唐代的名手画的吧。

那水呢,不但不结冰,倒反在绿萍上冒着点热气,水藻真绿,把终年贮蓄的绿色全拿出来了。天儿越晴,水藻越绿,就凭这些绿的精神,水也不忍得冻上,况且那些长枝的垂柳还要在水里照个影儿呢!看吧,由澄清的河水慢慢往上看吧,空中,半空中,天上,自上而下全是那么清亮,那么蓝汪汪的,整个的是块空灵

名家笔下的**老济南**

的蓝水晶。这块水晶里包着红屋顶、黄草山，像地毯上的小团花的灰色树影。这就是冬天的济南。

读与思

　　《济南的冬天》是1931年春天老舍先生在济南齐鲁大学任教时触景生情写成的，是一篇充满诗情画意的散文。文中作者紧紧抓住济南冬天"温晴"这一特点，描述出一幅济南特有的动人的冬景，表达了作者对济南的冬天的喜爱和赞美之情，以及对济南这座城市的热爱之情。

　　读了这篇文章，你是不是也喜欢上了济南的冬天？特别是描写雪的那一段，试着多读几遍，背诵下来。相信你，加油！

群文探究

1. 阅读了这一组文章,你最喜欢哪篇?为什么?

文章:_____ 作者:_____

原因:_____

_____

_____

2. 其实,还有很多文人墨客都写过关于济南四季的诗篇,请你搜集并摘录下你最喜欢的段落,并把它背诵下来。

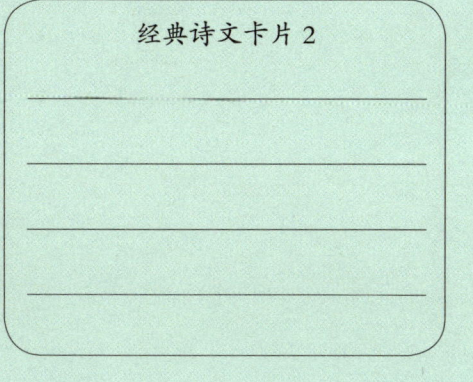

| 经典诗文卡片 1 | 经典诗文卡片 2 |

3. 读了本组文章,你最喜欢济南的哪个季节?请用一首小诗或者优美的语言来写一写。

_____

_____

_____

_____

第五章　永远的"济南二安"

诗词山东多名士，济南二安为翘楚。

　　济南，因水而生，因泉而名。清澈灵动、满街巷流淌的泉水，滋养了一代代淳朴勤劳的济南人，孕育了一批批彪炳史册的名人名士和文豪诗杰。"济南二安"就是其中的杰出代表，他们是闪耀在中国宋代文坛上两颗特别耀眼的星星。

　　"济南二安"中的易安居士李清照，是婉约词派代表，被称为"千古第一才女"，她的祠堂就坐落在趵突泉泉群的漱玉泉边。

　　"济南二安"中的另一位是字为幼安的辛弃疾，号稼轩，山东东路济南府历城县（今济南市历城区遥墙镇四凤闸村）人，是南宋豪放派词人、将领，有"词中之龙"之称。

　　让我们走进本组文章，领略两位词人的风采。

扫码立领
★ 名师朗读
★ 美文微课
★ 城市印象
★ 老城记忆

名家笔下的老济南

李清照词三首

如梦令 · 昨夜雨疏[1]风骤

昨夜雨疏风骤，浓睡不消残酒。
试问卷帘人[2]，却道海棠依旧。
知否，知否？应是绿肥红瘦[3]。

注释

[1] 疏：指稀疏。
[2] 卷帘人：有学者认为此指侍女。
[3] 绿肥红瘦：绿叶繁茂，红花凋零。

译文

　　昨天夜里雨点虽然稀疏，但是风劲吹不停。我酣睡一夜，然而醒来之后依然觉得还有一点酒意没有消尽。于是就问正在卷帘的侍女："庭院里海棠花现在怎么样了？"她只对我说："海棠花依旧如故。"知道吗，知道吗？这个时节应是绿叶繁茂，红花凋零。

武陵春 · 风住尘香花已尽①

风住尘香花已尽，日晚倦梳头。

物是人非②事事休，欲语泪先流。

闻说双溪春尚好，也拟泛轻舟。

只恐双溪舴艋舟，载不动许多愁。

注释

①尘香：落花触地，尘土也沾染上落花的香气。花已尽：《词谱》、清万树《词律》作"春已尽"。

②物是人非：事物依旧在，人不似往昔了。三国曹丕《与朝歌令吴质书》："节同时异，物是人非，我劳如何？"宋贺铸《雨中花》："人非物是，半晌鸾肠易断，宝勒空回。"

译文

恼人的风雨停歇了，枝头的花朵落尽了，只有沾花的尘土犹自散发出微微的香气。抬头看看，日已高，却仍无心梳洗打扮。春去夏来，花开花谢，亘古如斯，唯有伤心的人、痛心的事令我愁肠百结。一想到这些，还没有开口我就泪如雨下。听人说双溪的春色还不错，那我就去那里划划船，姑且散散心吧。唉，我真担心啊，双溪那叶单薄的小船，怕是载不动我内心沉重的忧愁啊！

声声慢 · 寻寻觅觅①

寻寻觅觅，冷冷清清，凄凄惨惨戚戚②。乍暖还寒时候，最难将息③。三杯两盏淡酒，怎敌他晚来风急？雁过也，正伤心，

名家笔下的老济南

却是旧时相识。

满地黄花堆积。憔悴损,如今有谁堪摘?守着窗儿,独自怎生得黑?梧桐更兼细雨,到黄昏,点点滴滴。这次第,怎一个愁字了得!

注释

①寻寻觅觅:想把失去的一切都找回来,表现非常空虚怅惘、迷茫失落的心态。

②凄凄惨惨戚戚:忧愁苦闷的样子。

③将息:旧时方言,休养调理之意。

译文

苦苦地寻寻觅觅,却只见冷冷清清,怎不让人凄惨悲戚。乍暖还寒的时节,最难保养休息。喝三杯两杯淡酒,怎么能抵得住早晨的寒风急袭?一行大雁从眼前飞过,更让人伤心,因为都是旧日的相识。

园中菊花堆积满地,都已经憔悴不堪,如今还有谁来采摘?冷清清地守着窗子,独自一个人怎么熬到天黑?梧桐叶上细雨淋滴,到黄昏时分,那雨还是点点滴滴。这般情景,怎么能用一个"愁"字了结!

读与思

胡怀琛说:"在北宋末再有一个著名的女词人名叫李清照,她的《漱玉词》在文学界里是极有名的。她的佳句'帘卷西风,人比黄花瘦',尤为人所称道。"容肇祖曾这样评价李清照:"李清照是中国文学史上一个最有天才的女子!"李清照所作词,前期多写其休闲生活,后期多悲叹身世,情调感伤。形式上善用白描手法,自辟途径,语言清丽。论词强调协律,崇尚典雅,提出词"别是一家"之说,反对以作诗文之法作词。李清照的词还被谱了曲并被传唱,像《如梦令》《一剪梅》等。如果你有兴趣,快去找来唱一唱吧!

旷世才女李清照

◎荣 斌

李清照是一名中国历史上杰出的女性文学家,她的文学成就"不徒俯视巾帼,直欲压倒须眉"(清人陈廷焯语)。她在诗、词、文、赋等创作领域都有骄人的成就,尤其以词的成就最为显著。当她迈着娉婷的脚步登上大家林立的宋代词坛后,她那"以浅俗之语,发清新之思"的词篇,立即引起了人们的普遍瞩目,并且最终令她摘得了"婉约之宗"的桂冠。李清照在中国文学史上的地位是不朽的,以致任何一位写中国古代文学史的人,都不能不写到李清照;任何一位评价中国古代女诗人的人,都不能不首推李清照。她是中国文学的骄傲,也是中华民族优秀传统文化的骄傲。

少女的她,清秀如大明湖中的一枝荷花,灵动如漱玉泉中的一泓清涟。她在清幽的闺房里读书、吟诗、填词;在雅致的庭院里抚琴、赏月、荡秋千;在藕花遍布的湖中荡舟;在澄澈似鉴的泉边编织着美好的梦想……

初为人妇的她,既享受着美好爱情的甜蜜,也尝到了世事多变的辛酸。她与多才好学的丈夫在一起论诗赏画、把玩古器,沉醉在恩爱和温馨之中;她在双方家庭遭遇朝廷政治斗争冲击时,表现出了难得的淡定和从容……

屏居青州的她,一边过着村姑般的俭朴生活,一边保持着知识女性的志向与情趣。她与丈夫志同道合、相濡以沫,在猜书、斗茶中共同书写着和谐和欢快的记忆;她还在与丈夫的小别轻分中吞咽着女性情感的苦涩,写下了一篇篇堪称"闺情绝调"的词作……

靖康之变后的她,遭遇了国破家亡的不幸,在离乱中备尝艰辛。她含泪告别了故土,在悲怆中忍受着丈夫早逝的痛苦;她在兵荒马乱中逃难,裹卷在难民的队伍中只身飘零;她无奈地看着自己跟丈夫以心血换取的珍贵收藏在兵燹中散失、毁弃;她在遭遇驵侩欺凌时,勇敢地给予了反抗和回击;她在一次次失望后,依然期待着国家和民族的转机……

晚年的她,在孤寂凄苦的煎熬中顽强地生活着。她在难以排遣的苦闷中寄托着自己对故国家园的思念;她为实现丈夫的遗愿而做出了锥心泣血的努力。最终,她像一片落叶一样,在凄风冷雨中逝去……

作为一名女词人,李清照写了许多"闺词"。她的闺词没有花哨的场面,没有浓艳的色彩,她把笔墨都集中在人物身上,通过对女性形象细致、准确的刻画,让读者去感悟其内心世界。这是一种十分难得的艺术功力。

李清照在词学理论上也颇有建树,她在自己的词学批评论文《词论》中,强调严分诗词畛域,主张词"别是一家"。像李清照这种既有辉煌创作成就又有独到创作理论的词人,在中国词史上是不多见的。

(选自《我们都爱李清照》)

名家笔下的老济南

读与思

　　李清照的词,语言清丽,论词强调协律。她崇尚典雅,提出词"别是一家"之说。她的词因生活的变化而呈现出前后期不同的特点。前期多写自然风光和闺中生活,韵调优美;后期多感叹时事,怀乡忆旧,情调悲伤。请你搜集李清照不同时期的词,结合文中李清照的生平经历,谈谈你对这些词的理解。

辛弃疾词两首

西江月 · 夜行黄沙道中

明月别枝惊鹊,清风半夜鸣蝉①。稻花香里说丰年,听取蛙声一片。

七八个星天外,两三点雨山前。旧时②茅店③社林边,路转溪桥忽见。

注释

①鸣蝉:蝉叫声。
②旧时:往日。
③茅店:茅草盖的乡村客店。

译文

天边的明月升上了树梢,惊飞了栖息在枝头的喜鹊。清凉的晚风仿佛传来了远处的蝉叫声。在稻花的香气里,人们谈论着丰收的年景,耳边传来一阵阵青蛙的叫声,好像在说着丰收年。

天空中轻云飘浮,闪烁的星星时隐时现,山前下起了淅淅沥沥的小雨,诗人急忙从小桥过溪想要躲雨,从前土地庙附近树林旁的茅屋小店哪里去了?拐了个弯,茅店突然出现在眼前。

名家笔下的老济南

破阵子·为陈同甫赋壮词以寄之

醉里挑灯看剑,梦回吹角连营。八百里分麾下①炙②,五十弦③翻④塞外声。沙场秋点兵。

马作的卢飞快,弓如霹雳弦惊。了却君王天下事,赢得生前身后名。可怜白发生!

注释

① 麾下:指部下。麾:军旗。
② 炙:烤肉。
③ 五十弦:本指瑟,泛指军中乐器。
④ 翻:演奏。

译文

醉梦里挑亮油灯观看宝剑,恍惚间又回到了当年,各个军营里接连不断地响起号角声。把烤牛肉分给部下享用,让乐器奏起雄壮的军乐鼓舞士气。这是秋天在战场上阅兵。

战马像的卢马一样跑得飞快,弓箭像惊雷一样震耳离弦。(我)一心想为君主完成收复国家失地的大业,留下世代相传的美名。可惜事业未成,自己已成了白发人!

读与思

　　辛弃疾不仅是开一代词风的伟大词人,也是一位能征善战的民族英雄。他一生以恢复中原为志,以建功立业自许,却命运多舛、壮志难酬。但他始终没有动摇恢复中原的信念,并把满腔激情和对国家兴亡、民族命运的关切、忧虑全部寄寓于词作之中。读了上面的词,你从哪里感受到辛弃疾的爱国热情和壮志难酬?请找出相关的词句,和爸爸妈妈交流一下吧!

茅檐低小　溪上青青草

◎白落梅

清平乐 · 村居

辛弃疾

茅檐低小，溪上青青草。醉里吴音相媚好，白发谁家翁媪？大儿锄豆溪东，中儿正织鸡笼。最喜小儿亡赖，溪头卧剥莲蓬。

在这个物欲纷扰的红尘里，似乎许多人都想要放下一切世俗的负累，做一个简单、清淡的人，向往一种返璞归真的生活，和青山碧水为伴，和明月清风为邻。所以，他们都选择去旅游，去探访遥远的古村山寨，寻找人间最后的一方净土。只有这样，才可以缓解内心的压力，暂时忘记俗尘的琐事。可是，要彻底地抛开一切，住进世外桃源，过一种清苦的生活，又难以有人可以做到。所谓人生无处不红尘，每个人在自己的心里建一座桃源，疲累的时候，住进去；歇够了，再出来，好好享受凡尘的烟火。

遁世闲隐，在古代文人中，似乎是一种时尚的追求。大凡退隐山林的隐者，多为避世，或仕途不顺，或朝廷纷乱，他们得不到君王的赏识，空有壮志雄心，满腹才学不得舒展。感叹世无知音，心灰意冷之后，便选择隐逸生活。所以，许多隐士都有着不为人知的无奈，很多人心中并未完全放下，几度归隐，又几度出仕，在矛盾中度过一生。

如，发誓不食周粟、最终饿死首阳山的伯夷叔齐。魏晋时期，著名的竹林七贤因为对司马氏集团均持不合作态度，不能直抒胸臆，便隐居竹林，以清谈、饮酒、佯狂等形式来排遣苦闷的心情。还有淡泊名利、清净无为的庄子；功成身退、泛舟五湖的范蠡；不事王侯、耕钓富春山的严光；采菊东篱、悠然南山的陶潜；以梅为妻、以鹤为子的林和靖。

初次读辛弃疾这篇《清平乐》，觉得眼前浮现出一幅朴素生动的画，那画面依稀很熟悉，却又好遥远。这幅画让我想起远去的童年，那段只有在乡村才能拥有的质朴光阴。也读过不少辛弃疾的词，大多都是慷慨豪迈、气势浩荡的风格，有着卓尔不群的光彩、气冲斗牛的果敢。也因此，辛弃疾跟另一位豪迈的词人苏轼，并称为"苏辛"。但在他晚年闲居时期，也写了不少田园风光的词，朴素耐读，就如这首《清平乐》，让读者恍如身临其境。

这首词是辛弃疾晚年遭受排斥，被迫离开政治舞台，归隐江西上饶，闲居农村时所写。一个叱咤风云的热血男儿，脱下征袍，归居田园，起先心中一直有波澜，无法淡定。"休说鲈鱼堪脍，尽西风，季鹰归未？求田问舍，怕应羞见，刘郎才气。"到后来，他的心慢慢被山野农村的朴素恬静所感染。他之所以努力抗击金兵，想要收复中原，是因为他爱国，他内心深处向往平和与安定。这首词所描写的平静，是他当时在村庄真实生活的写照。那时候，边疆的战火虽然不曾停息，可是那些远离纷扰的田园一如既往地安宁。辛弃疾笔下这首词，没有任何雕饰，也没有粉饰太平之意，而是他让自己彻底地投入了生活，让自己真实地拥有了这段农村时光。

"茅檐低小，溪上青青草。"起句就让我看到，一间矮小的茅屋，被潺潺的溪水环绕，而溪边长满了青草。这样的茅屋里居住了怎样平凡的人呢？"醉里吴音相媚好，白发谁家翁媪？"就是这么一对白发的老翁老媪，亲热地坐在一起，喝着乡间自酿的米酒，悠闲自得地聊家常。这样平淡无奇的笔墨，却描摹出一幅和谐、亲切、温暖的老年夫妻生活景象。这里的"吴音"指吴地的话，江西上饶在春秋时期属吴国。这样的画面在普通的农家最平凡不过，可是对于历经宦海浮沉的辛弃疾，却是难能可贵。所以他珍惜这样的生活，将这幅生动的画面描绘在词卷里，当他为国事所累时，就取出来翻读，慰藉心灵的苦闷。

下阕的四句白描，更衬托出这首词的美妙。"大儿锄豆溪东，中儿正织鸡笼。最喜小儿亡赖，溪头卧剥莲蓬。"这么通俗的几句话，将丰富的情景跃然于纸上，栩栩如生，可谓是神来之笔，千古一绝。大儿子在豆田里锄草，二儿子年纪尚小，坐在竹椅上编织鸡笼，而小儿子还不懂世事，调皮地玩耍，卧在溪边剥莲蓬。一个"卧"字，将整个画面都活跃起来，眼前的小儿是那么无忧无虑、天真活泼。我们不禁被这样一幅宁静平和的画面感动得泪眼蒙眬。现实的纷繁让我们觉得眼前的安适祥和犹如在梦中。

这首《清平乐》就是一幅白描画，无须水墨的泼洒，朴实简洁的几笔便意趣盎然，清新夺目。让我想起在成都修筑草堂的杜工部，他也是为了避乱，长安梦碎，才隐居蜀地，建了草堂，过上一段平实的生活。花径、柴门、水槛、石桥，这么多朴素的风景，足以慰藉那一颗不合时宜的心。竹篱茅舍，打开宽阔的襟怀，庇护万千寒士。他可以教白云垂钓，可以邀梅花对饮，简洁的桌案上搁浅了一杯老妻温的佳酿。古朴的栏杆边垂放着他和稚子的钓竿，棋盘上还有他当年和好友没有下完的一局棋。杜工部的草堂和辛弃疾居住的溪畔茅屋多么相似，又是多么让人神往！

也许这个时候的辛弃疾才找到了最真实的自己。只有这个时候，他才会忘记"横绝六合，扫空万古"的风云霸气，搁下"道'男儿到死心如铁'。看试手，补天裂。"的壮志豪情。这简单的农庄就是他的世外桃源，在这里，可以不必知道朝代的更迭，不必在意官场的黑暗，他拥有的就是和一家人平淡度日的幸福。简单的茅屋，一口水井，一道篱院，几畦菜地，还有几缕打身边游走的白云。

溪水潺潺，绿草青青，那间茅屋，盖在了宋朝一方宁静的田园。而那个叫辛弃疾的老人，将他的老妻和稚子，以及一生的心愿，平静地铺陈在纸上。让我们在朴素祥和的光阴里忘记转换的流年。

（选自《相思莫相负》）

读与思

辛弃疾的词现存六百多首，是两宋存词最多的作家。他在词史上的一个重大贡献，就在于内容的扩大、题材的拓宽。如写政治，写哲理，写朋友之情、恋人之情，写田园风光、民俗人情，写日常生活、读书感受，可以说，凡当时能写入其他任何文学样式的东西，他都写入词中。六百多首词作，为什么作者白落梅选取了这首描写农村景物和反映农家生活的《清平乐·村居》来写？你从上面的文章里读出了一个怎样的辛弃疾？

群文探究

1. 李清照的很多词里都写了"愁"和"思",这两种情感她又是怎样分别表达出来的?请找出相关的语句说一说。

_____

_____

_____

2. 读了上面辛弃疾的词后,你最喜欢哪一首?为什么?

_____

_____

_____

3. 其实,李清照、辛弃疾写的诗词还有很多,请你再搜集并摘录下两首,然后选择你最喜欢的句子背诵下来。

经典诗文卡片1	经典诗文卡片2

4. 李清照和辛弃疾是永远的"济南二安"。读了上面的诗词,你有兴趣开一次"济南二安"的经典诗词朗诵会吗?请你和同学们一起策划一下吧,加油!

第六章　济南自古名士多

海右此亭古，济南名士多。

　　济南南倚东岳，北濒黄河，自古有"济南潇洒似江南"的说法。其实在济南，潇洒的岂止是景物，人物亦风流倜傥，给济南的潇洒添上了重重的一笔。齐鲁大地，礼仪之邦，自古便是人杰地灵，人才辈出；自古泉水淙淙，钟天地之灵秀，孕育了李清照、辛弃疾、张养浩等先贤达人。从古代大诗人杜甫、元好问、曾巩，到近代作家徐北文、季羡林等，名人雅士多对济南情有独钟。孔子说"智者乐水，仁者乐山"，我们说诗人也乐涌波吐珠的泉水。才华横溢泉三股，字吐珠玑水百泓。多少诗人生历下，泉城自古是诗城。阅读他们的故事，收获成长启发，感受名人与众不同的风采吧。

扫码立领
★ 名师朗读
★ 美文微课
★ 城市印象
★ 老城记忆

名家笔下的**老济南**

名人组诗

陪李北海宴历下亭

[唐] 杜 甫①

东藩②驻皂盖③，北渚④凌清河⑤。

海右⑥此亭古，济南名士多。

云山已发兴，玉佩⑦仍当歌。

修竹不受暑，交流空涌波。

蕴真惬所欲，落日将如何？

贵贱俱物役，从公⑧难重过⑨！

> **注释**

①杜甫：(712～770)，字子美，自号少陵野老，出生于河南巩县，原籍湖北襄阳，唐代著名现实主义诗人，与李白合称"李杜"，被后人称为"诗圣"，他的诗被称为"诗史"。

②东藩：李北海，均指李邕。

③皂盖：青色车盖。汉时太守皆用皂盖。

④北渚：指历下亭北边水中的小块陆地。

⑤清河：大清河，又名济水，原在齐州（济南）之北，后被黄河夺其河路。

⑥海右：古时正向为南，因海在东，陆地在西，故称陆地为"海右"。

⑦玉佩：唐时宴会有女乐，此处指唱歌侑酒的歌姬。

⑧公：指李邕。

⑨难重过：难以再有同您一起重游的机会。

译文

　　李公在历下亭驻下太守的车盖。我由北渚经过清河前来拜访。历下亭是齐地最古老的亭子,济南是名士辈出的地方。云山磅礴已令人生发诗兴,美人陪饮更令人对酒高歌。修长的竹林清爽无比,致使交流的河水徒然涌波送凉。这里的景物蕴含真趣,令人心怡;可惜红日西沉,宴会将散,无可奈何。贵者如公、贱者如我同是被事物役使,恐怕今后难以再有同您一起重游的机会。

临江仙 · 荷叶荷花何处好
［金］元好问①

李辅之②在齐州,予客济源,辅之有和。

荷叶荷花何处好?大明湖上新秋。

红妆翠盖③木兰舟④。江山如画里,人物更风流。

千里故人千里月,三年孤负⑤欢游。

一尊白酒寄离愁。殷勤桥下水,几日到东州⑥!

名家笔下的老济南

注释

①元好问：(1190～1257)，字裕之，号遗山，太原秀容（今山西忻州）人，金朝末年至大蒙古国时期文学家、历史学家。
②李辅之：李天翼，字辅之，固安（今属河北省）人。
③红妆翠盖：指荷花荷叶。
④木兰舟：用木兰树之木材造的船。
⑤孤负：同辜负。
⑥东州：代指济南。

译文

荷叶荷花当数初秋大明湖上的最好。木兰舟犹如穿行于"红妆翠盖"之间，真是江山如画，人更风流。

畅游的欢乐已成往事，而今与故人远隔千里，只能共照一轮明月，遥寄相思，三年来浪费了许多大好时光。

想借"一尊白酒"以"寄离愁"。桥下的流水倒是善解人意，殷殷传情，怎奈路途遥远，何时才能将这离愁寄到东州呢？

读与思

济南的山水滋养了一代代名人名士，他们或驻足，或久居，或因慕名而来，或在此地终老……在济南这座名士之城里，既有诗人自己对济南的留恋和赞叹，如苏辙来到济南为官，造福一方；也有诗人对济南名人的赞颂，如龚自珍对终军的褒扬。他们用笔记录着自己的感同身受。你还知道哪些历史上济南的名人名士呢？和大家交流一下吧。

济南自古是诗城

◎徐北文

济南因在古代的"四渎",即四大神圣河流之一的济水之南而得名。一百多年前,黄河改道,夺了济水的河床,于是也列于华夏"四渎"之一的母亲河——黄河开始经过济南,并由此奔流到大海。

如今济南是北依黄河,南朝东岳泰山,居于孕育中华传统文明的"岳""渎"之间;更由于得天独厚的地理特点,遍地涌出了千百个清冽的泉源,仅市区内就有一百多处,号称名泉者就有七十二处之多。众多的泉水既汇成了美丽的大明湖,更成为一条长河的发源地。小清河汩汩东流数百里,至羊角沟而入大海。因此,济南当之无愧地拥有了"泉城"的雅号。

丰沛多姿的泉水,引起了历代人士的关注。

孔子说"仁者乐山,智者乐水",我们说诗人也乐涌波吐珠的泉水。我在《济南竹枝词》中吟道:

才华横溢泉三股,字吐珠玑水百泓。

多少诗人生历下,泉城自古是诗城。

那"平地喷出三尺雪"的趵突泉,那虎口而奔出的黑虎泉,正是诗人才华横溢的象征,而珍珠泉等多处泉水的层出不穷的千万缕气泡,正好形容诗人的妙语如珠的行行诗句。济南之所以历代诗人辈出,应该是得益于泉城的启迪,它给诗人汲之不尽的灵感。

名家笔下的老济南

济南最早的诗人,并不是三千年前入选《诗经》的谭国大夫,而应是四千年前龙山文化时代的大舜。史传舜母早亡,舜曾受继母的虐待,但仍然孝心不改。后来,他回到历山上扫墓,弹奏出一曲《思亲操》:"陟彼历山兮崔嵬……父母远兮吾将安归?"这首曲词,被记录在汉代的《琴操》一书中,经琴师传习已有两千年了,因此其文词或许有传讹失真之处。

上面提到的《琴操》,其著录者为东汉著名文人蔡邕。蔡氏外祖是泰山羊氏,他曾在泰山一带居留,因此此书多载济南泰山一带的歌词,可以代表济南诗风。尤其是曹操曾任济南王,其子曹植曾为东阿王(其墓地在东阿)。而当时的东阿,其王宫所在部,现已划入今平阴县。曹植在此处的鱼山上得以接触印度文化,创制了新的诗体《鱼山呗》(又名《鱼山梵》),这是中国诗歌史上注重平仄律的开始。以曹氏父子为主导的"建安七子",大部分人也出生于济南周围一带。

到了唐代,安史之乱之前的济南,更是诗人荟萃之地,除了本地出生的崔融外,伟大的诗人李白和杜甫——中国诗坛上辉煌的双星,都曾被济南的山水陶醉。李白游了鹊山湖、华不注,写下了神采飞扬的名篇;杜甫则与大书法家李邕在历下亭饮酒赋诗,写出"海右此亭古,济南名士多"这一传颂千古的佳句。

宋代以后,济南更是人才辈出。如"词中女皇"李清照,相传她的故居在柳絮泉边,曾在《如梦令》一词中表现了溪亭泉的风光;那因抗金而投奔南宋的辛弃疾,相传他的故居则在历城甸柳一带。金元时期济南诞育了杜仁杰(长清人)、刘敏中(章丘人)、张养浩(历城人)这几位杰出的散曲家。明代的成就更为辉煌,当时全国诗坛出现"前七子",济南的边贡是其中的骨干人物。

而成就更大的"后七子",其领袖则是济南的李攀龙。另外,剧曲作家李开先(章丘人)和诗文名家于慎行(东阿人,其地今划归平阴县)等也都以其或慷爽或秀丽的文字写下了歌咏名泉的诗篇。

清代,历城的王苹在诗坛以"王黄叶"闻名。而一代诗坛领袖、神韵派大师王士禛(济南府新城人,其地今划归淄博市)在大明湖天心水面亭邀请海内的才子佳人与会赋诗,他以《秋柳》四首七律为首唱,不久即传遍大江南北。与王氏同时期的小说大家蒲松龄(济南府淄川县人,其地今划归淄博市)也写下了著名的《趵突泉赋》。

泉城诞育了诗人,诗人也热爱名泉。他们不仅以生花妙笔题写了它,而且把自己的诗集也以泉水为名,李清照的诗集就叫"漱玉集",边贡的诗集名为"华泉集",而王苹的诗集则以"二十四泉草堂"为名来寄托他的情愫。

旅居济南的诗人,李杜以后,宋代欧阳修写了《舜泉诗》;曾巩不仅建历山堂以怀念大舜,更写了《金线泉》等诗;苏轼唱出了"济南春好雪初晴"的名句;苏辙则写下了《试茶泉》等吟咏济南风光的诗篇。尤其是杰出画家赵孟頫,他不仅留下名垂千古的《鹊华秋色图》来表现济南山水之美,而且以"云雾润蒸华不注,波涛声震大明湖"的名句形容趵突泉的壮丽景观。可见,泉城之美,不仅得到本地诗人的热爱,而且更使外地诗人恋眷。

(选自2002年7月30日《济南时报》)

名家笔下的老济南

读与思

　　济南最早的诗歌出现于3000多年前今城子崖附近的谭国，长诗《大东》有赞咏泉水清冽丰沛的内容，被收录到我国最早的诗歌总集《诗经》之中。济南著名文史专家、诗人徐北文先生的文章，把泉水与诗歌、泉城与诗城的内在关系描绘得直观明了，让我们对济南有了更深入的了解。请你仔细阅读本文，梳理文章中提到的诗人及其作品，通过查阅资料了解他们与济南的故事。

回忆新育小学（节选）

◎季羡林

我从一师附小转学出来，转到了新育小学，时间是在一九二零年，我九岁。

我同一位长我两岁的亲戚同来报名。面试时我认识了一个"骡"字，定在高小一班。我的亲戚不认识，便定在初小三班，少我一年。一字之差，我争取了一年。

我们的校舍

新育小学坐落在南圩子门里，离我们家不算远。校内院子极大，空地很多。

一进门，就是一大片空地，长满了青草，靠西边有一个干涸了的又圆又大的池塘，周围用砖石砌得整整齐齐，当年大概是什么大官的花园中的花池，说不定曾经有过荷香四溢、绿叶擎天的盛况，而今则是荒草凄迷、碎石满池了。

校门东向。进门左拐有几间平房，靠南墙是一排平房。这里住着我们的班主任李老师和后来是高中同学的、北大毕业生宫兴廉的一家子，还有从曹州府来的三个姓李的同学，他们在家乡已经读过多年私塾，年龄比我们都大，国文水平比我们都高，他们大概是家乡的大地主子弟，在家乡读过书以后，为了顺应潮流，博取一个新功名，便到济南来上小学。他们还带着厨子和听差，住在校内。令我忆念难忘的是他们吃饭时那一蒸笼雪白的馒头。

进东门，向右拐，是一条青石板砌成的小路，路口有一座用木架子搭成的小门，门上有四个大字：循规蹈矩。

我当时不知道是什么意思，但觉得这四个笔画繁多的字很好玩。进小门右侧是一个花园，有假山，用太湖石堆成，山半有亭，翼然挺立。假山前后，树木蓊郁。那里长着几棵树，能结出黄色的豆豆，至今我也不知道叫什么树。

从规模来看，花园当年一定是繁荣过一阵的。是否有纳兰容若词中所写的"晚来风动护花铃，人在半山亭"那样的荣华，不得而知，但是，极有气派，则是至今仍然依稀可见的。可惜当时的校长既非诗人，也非词人，对于这样一个旧花园熟视无睹，任它荒凉衰败、垃圾成堆了。

花园对面，小径的左侧是一个没有围墙的大院子，没有多少房子，高台阶上耸立着一所极高极大的屋子，里面隔成了许多间，校长办公室以及其他一些会计、总务之类的部门，分别占据。屋子正中墙上挂着一张韦校长的碳画像，据说是一位高年级的学生用"界画"的办法画成的。我觉得，并不很像。走下大屋的南台阶，距离不远的地方，左右各有一座大花坛，春天栽上牡丹和芍药什么的，一团锦绣。出一个篱笆门，是一大片空地，上面说的大圆池就在这里。

出高台阶的东门，就是"循规蹈矩"小径的尽头。向北走进一个门极大的院子，东西横排着两列大教室，每一列三大间，供全校六个班教学之用。进门左手是一列走廊，上面有屋顶遮盖，下雨淋不着，走廊墙上是贴布告之类的东西的地方。走过两排大教室，再向北，是一个大操场，对一个小学来说，操场是够大的了。

有双杠之类的设施；但是，不记得上过什么体育课。小学没有体育课是不可思议的。再向北，在西北角上，有几间房子，是教员住的，门前有一棵古槐，覆盖的面积极大，至今脑海里还留有一团蓊郁翠秀的影像。校舍的情况就是这个样子。

九月九庙会

济南的重阳节庙会（实际上是并没有庙，姑妄随俗称之）是在南圩子门外大片空地上，西边一直到山水沟。

每年，进入夏历九月不久，就有从全省一些地方，甚至全国一些地方来的艺人会聚此地，有马戏团、杂技团、地方剧团、变戏法的、练武术的、说山东快书的、玩猴的、耍狗熊的等，应有尽有。

他们各自圈地搭席棚围起来，留一出入口，卖门票收钱。规模大小不同，席棚也就有大有小，总数至少有几十座。

在夜里有没有"夜深千帐灯"的气派，我没有看到过，不敢瞎说，反正白天看上去，方圆几十里，颇有点动人的气势。再加上临时赶来的卖米粉、炸丸子和豆腐脑等的担子，卖花生和糖果的摊子，特别显眼的柿子摊——柿子是南山特产，个大色黄，非常吸引人。这一切混合起来，形成了一种人声嘈杂、歌吹沸天的气势，仿佛能南摇千佛山，北震大明湖，声撼济南城了。

我们的学校，同庙会仅一墙（圩子墙）之隔，会上的声音依稀可闻。我们这些顽皮的孩子能安心上课吗？即使勉强坐在那里，也是身在课堂心在会。因此，一有机会，我们就溜出学校，又嫌走圩子门太远，便就近爬过圩子墙，飞奔到庙会上，一睹为快。

席棚很多，我们先拣大的去看。我们谁身上也没有一文钱，门票买不起。好在我们都是三块豆腐干高的小孩子，混在购票观众中挤进去，也并不难。

进去以后，就成了我们的天地，不管要的是什么，我们总要看个够。看完了，走出来，再钻另外一个棚，几乎没有钻不进去的。实在钻不进去，就绕棚一周，看看哪一个地方有小洞，我们就透过小洞往里面看，也要看个够。在十几天的庙会中，我们钻遍了大大小小的棚，对整个庙会一览无余，一文钱也没有掏过。可是，对那些卖吃食的摊子和担子，则没有法钻空子，只好口流涎水，望望然而去之。虽然不无遗憾，也只能忍气吞声了。

国文竞赛

有一年，在秋天，学校组织全校学生游开元寺。

开元寺是济南名胜之一，坐落在千佛山东群山环抱之中。这是我经常来玩的地方。寺上面的大佛头尤其著名，是把一面巨大的山崖雕凿成了一个佛头，其规模虽然比不上四川的乐山大佛，但是在全国的石雕大佛中也是颇有一点名气的。

从开元寺上面的山坡上往上爬，路并不崎岖，爬起来比较容易。爬上一刻钟到半个小时就到了佛头下。据说佛头的一个耳朵眼里能够摆一桌酒席。我没有试验过，反正其大可想见了。从大佛头再往上爬，山路当然更加崎岖，山石当然更加亮滑，爬起来颇为吃力。我曾爬上来过多次，颇有驾轻就熟之感，感觉不到多么吃力，爬到山顶上，有一座用石块垒起来的塔似的东西。从济南城里看过去，好像是一个橛子，所以这一座山就得名橛山。

第六章　济南自古名士多

　　同泰山比起来，橛山不过是小巫见大巫；但在济南南部群山中，橛山却是鸡群之鹤。登上山顶，望千佛山顶如在肘下，大有"一览众山小"之慨了。可惜的是，这里一棵树都没有，不但没有松柏，连槐柳也没有，只有荒草遍山，看上去有点童山濯濯了。

　　从橛山山顶，经过大佛头，走了下来，地势渐低，树木渐多，走到一个山坳里，就是开元寺。这里松柏参天，柳槐成行，一片浓绿，间以红墙，仿佛在沙漠里走进了一片绿洲。虽然大庙那样的琳宫梵宇、崇阁高塔在这里找不到，但是也颇有几处佛殿，佛像庄严。

　　院子里有一座亭子，名叫静虚亭。最难得最引人注目的是一泓泉水，在东面石壁的一个不深的圆洞中。水不是从下面向上涌，而是从上面石缝里向下滴，积之既久，遂成清池，名之曰秋棠池，洞中水池的东面岸上长着一片青苔，栽着数株秋海棠。泉水是上面群山中积存下来的雨水，汇聚在池上，一滴一滴地往下滴。泉水甘甜冷冽，冬不结冰。庙里住持的僧人和络绎不绝的游人，都从泉中取水喝。将此水煮开泡茶，也是茶香水甜，不亚于全国任何名泉。有许多游人是专门为此泉而来开元寺的。我个人很喜欢开元寺这个地方，过去曾多次来过。这一次随全校来游，兴致仍然极高，虽归而兴未尽。

　　回校后，学校出了一个作文题目《游开元寺记》，举行全校作文比赛，把最好的文章张贴在教室西头走廊的墙壁上。前三名都为我在上面提到过的从曹州府来的三位姓李的同学所得。第一名作文后面老师的评语是"颇有欧苏真气"。我也榜上有名，但却在八九名之后了。

名家笔下的老济南

读与思

季羡林是国学大师、学界泰斗。他博古通今，学贯中西，他的散文质朴而不失典雅，率真而不乏睿智。他曾在济南度过了很多年，他曾说："我就是济南人，除了清平之外，济南就是我的故乡。"

在《回忆新育小学》这篇散文中，作者用他特有的手法，以儿童视角进行描述，通过讲述耳闻目睹、亲身所感的事件，展现泉城民风世情。"校舍""庙会""竞赛"如同三幅民俗风情画，生动朴实地展示出二十世纪二三十年代济南的市情市貌。虽然那个时代已离我们较远，但是读了这篇真实如画的散文后，仿佛亲临其境，深切感受到昔日济南民风的淳朴和人情的实在，浓浓的生活气息扑面而来，给人一种亲切朴素之美。

群文探究

1.齐鲁大地,礼仪之邦,自古便是人杰地灵,人才辈出。济南,钟天地之灵秀,曾经孕育了李清照、辛弃疾、张养浩等先贤达人。查阅资料,给你最喜欢的诗人做张名片吧,也可以写一写自己积累的诗句。

诗人:_____

生平情况:_____

代表作:_____

喜欢的原因:_____

_____

_____

我的积累:_____

_____

2.季羡林、徐北文两位文学大家在文章中描写了不一样的济南,认真读读他们的文章,并填写表格。

文章题目	作者	写作角度	关键词

3. 其实，济南的名人名士还有很多，请你再搜集相关的人物，记录在下面吧。

济南名人名士录1	济南名人名士录2
_____	_____
_____	_____
_____	_____
_____	_____

第七章　吃的方面二三事

玩在山水间，食在济南府。

民以食为天，世界上任何一个国家都有一个传统的饮食文明与其他文明共同在历史中轮回。每个地区都有与众不同的饮食习惯和味觉倾向，而各自将这些精妙的技艺发展成了一种习俗、一种文化。这使得无数食客流连在世界的每一个角落。济南是著名的文化历史名城，在这里人们有着相同的饮食理念和习惯，极具地方特性，成为今天我们熟知的济南饮食文化。济南菜大约起源于春秋战国时期，古称"历下菜"，起自鲁西地方，立足省城济南，又吸收湖菜特长，形成独特风味。走进本组文字，去感受字里行间济南风味的清香、脆嫩、味醇吧！

扫码立领
★ 名师朗读
★ 美文微课
★ 城市印象
★ 老城记忆

名家笔下的老济南

饮食组诗

历下银丝鲊

[清]王士禛①

金盘错落雪花飞,细缕银丝妙入微。
欲析朝酲②香满席,虞家鲭鲊尚方稀。

注释

①王士禛：(1634～1711),字子真,号阮亭,世称王渔洋,山东新城(今山东桓台县)人,清初诗人、文学家、诗词理论家。
②朝酲(chéng)：即是醒酒。

译文

在金色的盘子里好像雪花飞舞,丝丝缕缕银丝般真是微妙。想要明析这道醒酒菜为何香飘满席,能做出虞家这样味道的鱼脍还是很少的。

客邸晨炊

[清]蒲松龄

大明湖上就①烟霞,茆②屋三椽③赁④作家。
粟米汲水炊白粥,园蔬登俎⑤带黄花。

注释

①就：接近。
②茆（máo）：同"茅"，茅草。
③椽（chuán）：放在檩上架着屋顶的木条。
④赁：租。
⑤俎：切肉或切菜时垫在下面的砧板。

译文

晨曦初露，天光始开，大明湖从夜睡中醒来，水莺婉啼，岸柳泛翠，和风徐吹。不久，坐落在明湖岸边的几间草房前，出现了一个男子的身影。只见他来到草房一侧的土灶跟前，将一些米和水倒入锅中，然后续柴点火。于是，不一会儿，随着袅袅炊烟的升腾，一股浓浓的粥香在空气中弥漫开来。砧板上的新鲜园蔬还带着黄花。

读与思

中国自古就是一个美食大国，喜爱美食的文人墨客自然也不少。古人善于吟诗作对，在品尝美食的同时又为后人留下了许多优美的诗词。不论是对金盘里银丝鲊赞不绝口的王士禛，还是在大明湖边晨炊的蒲松龄……他们都对济南的美食有着特殊的感情。读着这些与食物相关的诗句，有一种亲切美好的感觉。其实，蕴藏在古诗词里的饮食文化还有许多，喜欢的同学不妨去找相关的古诗词来做做探究吧！

老济南的名小吃

◎李耀曦

对一个外地游客来说，老济南让人口舌生香、久久难以忘怀的，倒未必是那些鲁席大菜，往往就是一些小街巷子里充满平民意味的小吃，它们是"吃在济南府"的招牌。如果说那些南北"四大菜系"名馔佳肴，不过是历代达官贵人们养着厨子天天大吃大喝——"吃"出来的话，不妨说这些各地独具风味的小吃，就是城里市井小民们经年累月地"穷讲究"——讲究出来的。

过去，老济南的一些小吃做得很下功夫，是很讲究也很有名的。比如，大明湖有"三美"：蒲菜、茭白、白莲藕。"红花莲子白莲藕，说与诗人仔细吟"，红色荷花冠大宜供观赏，却是只结莲子不结藕的。白莲藕，个大、雪白，质细、脆嫩、味甜，可生吃，食之无渣，沸水一焯，姜末凉拌白莲藕，味道绝佳。而茭白饺子、奶汤蒲菜，更是滋味鲜煞人。大明湖里有鱼并不稀奇，奇的是还有一种锦鲤，就是金尾鲤鱼，

那"锦鲤四作"（红烧鱼头、糖醋鱼腰、清蒸鱼尾、酸辣鱼汤）就是名菜了。过去大明湖畔有家小酒馆，精于此道菜，赏明湖秋色，酌菊花佳酿，品锦鲤四作，备菊花水洗手，用荷叶打包，真可谓满眼秋色，满口清香。

再如，油旋儿，早年"文升园"的最有名。这家文升园老店与《老残游记》里写的"高升店"相距仅二十步之遥，都位于今文庙东侧的辘轳靶子街上。山东是中国饼的故乡，济南府是齐鲁面饼的群英会。这油旋儿也是一种饼，由多层面皮垒起压成圆形，经油煎、烙烤而成，颜色金黄、层多松软、葱味香浓，又酥又脆，到口就碎。如果再就着这家店的"坛子肉"或"罐蹄儿"吃，那就是神仙见了也眼馋了。

原中国曲协主席陶钝先生，早年在济南求学，中华人民共和国成立后又在济南管过曲艺工作，曾多次光顾这家小店。陶钝先生在其文《回忆济南一条街——后宰门》里，这样描述道："后宰门街西头还有一条弯街，名为辘驴把子街，街上有一个小饭铺，名'文升园'……他们的油旋又香又酥，到口就碎了。店主人夸口说：'先生，您可以试试，五个油旋放在桌子上摞起了，一拳猛击，如果有一个不碎，压扁了，您不用付钱，白吃。'可是我们用筷子敲一个碎一个，不用拳击，就信服了。"

在下也曾于上世纪80年代末，访问过文升园老板的后人，述其当年选料之精细、做工之讲究，令人咋舌叹服。而据说，济南原无油旋儿这种吃食，是文升园第一代掌门人徐某从南京带过来的。写《老残游记》的刘鹗祖籍南京丹徒（今镇江市，时属南京辖镇），不知这位嘴馋的南京人当年吃过文升园的油旋儿否？

（节选自《品读济南》中《名小吃与穷讲究》）

名家笔下的老济南

读与思

　　作者娓娓道来的是美食的引诱，洋洋洒洒而言的又是饮食文化。透过济南人的饮食习惯和美食特点，可以深入了解济南这座城市的市井风俗和历史渊源。"名小吃"和"穷讲究"里蕴含着很深的生活哲理，市井小民经年累月地"穷讲究"诠释着人们对生活的一种热爱。你来读一读文章，结合时代背景，仔细体会一下。

舌尖蒲香回味长

◎樊禹辰

蒲菜,在北方算是济南特有,这种水生植物在济南这样一个传统的北方城市生根发芽。蒲菜本身没有什么独特的味道,只是有些清香,吃起来口感比较脆,有些像葱白,嚼一口咯吱咯吱的;如果蒲菜不够嫩,任你拽掉门牙也奈何它不得。奶汤蒲菜的关键在于"奶汤"。用猪肚、猪肘等食材熬制高汤,色泽如羊脂玉一般,口味浓郁,加之清爽的蒲菜,可算是一道上乘的汤品了。

"选取最嫩的蒲芯,做一道济南的奶汤蒲菜。加上火腿、香菇和冬笋的陪衬,鲜香倍增……"《舌尖上的中国》中,蒲菜首次亮相。

"高贵"而不随意扎根

蒲菜,虽说叫"菜",我却认为它更接近"蒲"。在我眼中,蒲菜与芦苇有些类似,都是长在水中的"一条长杆"。只是芦苇常见于任何一片水湾,蒲菜则不随意扎根,似乎略显"高贵"。

其实这种"高贵"在几十年前的大明湖也许算不得什么。民国时期的济南城里,大明湖是用坝划开的多少块"地"。湖中东一块莲,西一块蒲,土坝挡住了水,蒲苇又遮住了莲,一望无际,只见高高低低的"庄稼"。这片"庄稼"的特产便有蒲菜。

第一次接触蒲菜,与大明湖无关。差不多是盛夏时节,我与朋友去吃锅贴。店老板推荐说有蒲菜上市,店里供应奶汤蒲菜;倘若再晚一些,便只能等到明年才能吃到。我与朋友只是听过奶汤蒲菜的大名,却都没吃过,便点了一份。

奶汤蒲菜的名字确实是这道菜的写照。奶白的高汤之上漂浮着蒲菜段儿,白玉泛黄的颜色,有时还带点儿绿。一汤勺舀下,汤底还有火腿丝、冬菇等丰富配料。细细闻来,一阵清香。

即使没真正吃过奶汤蒲菜，我们也能从一些文学大家的描绘中"尝"出它的美味。

老舍先生在《大明湖之春》中写道："游过苏州的往往只记得此地的点心，逛过西湖的人提起来便念叨那里的龙井茶、藕粉与莼菜什么的，吃到肚子里的也许比一过眼的美景更容易记住，那么大明湖的蒲菜、茭白、白莲藕，还真许是它驰名天下的重要原因呢？不论怎么说吧，这些东西既都是水产，多少总带着些南国风味。"

臧克家先生对蒲菜也有着美好的印象。在《家乡菜味香》一文中，他写道："大明湖里，荷花中间，有不少蒲菜，挺着嫩绿的身子。逛过大明湖的游客，往往到岸上一家饭馆里去吃饭。馆子不大，但有一样菜颇有名，这就是：蒲菜炒肉。"可见，这蒲菜依靠大明湖的滋养，才能驰名海内。

大明湖的蒲菜，或许已经成为回忆了。

1958年以前，大明湖长满了芦苇丛。在大明湖北岸、北城墙根以南住着百余户人家。他们在湖中种藕、采藕、打渔、渡人，算是"湖民"吧。大明湖的三珍——蒲菜、茭白、白莲藕——便是出自湖民之手。每年初春，湖民们便忙着收拾湖田，到了立夏时分就要种植蒲菜了。湖民们从湖里拔出蒲菜根，去掉老根，将新根分成单株，重新将其踩到湖中便可以了。那白莲藕和茭白也大致是这种情况罢。

大明湖中虽有湖田，却是自然水面。湖中不乏野生鱼虾。每到水涨之时，鱼便从黄河、小清河逆流而上，游到大明湖，这便是湖民另一大生活来源了。大明湖不仅为湖民提供生机，也为周围的孩童平添几分乐趣。尤其是在夏季，下湖捉鱼、捞虾是常有的事；在湖边嬉闹是最快乐的。冬天的大明湖也是孩子们的天然乐园，这可是一片天然的溜冰场。从没听说哪个孩子失足掉进水中，他们对这里熟悉着呢。

湖畔飘香思旧味

大明湖是一块天然游乐场，这里的特产也异常美味，可这湖田却不美观。老舍先生也曾建议退田还湖，"假若能把'地'都收回，拆开土坝，挖深了湖身，它当然可以马上既大且明起来：湖面原本不小，而济南又有的是清凉的泉水呀"。

这样似乎会让济南多一些文艺范儿。

现在也确实如此了。随着现代化建设的不断推进，大明湖的湖田已被清空，这里的"土著"也被请了出去。他们似乎成了大明湖的客人。但随之消失的也有大明湖的蒲菜、茭白、白莲藕和往日孩子们在大明湖畔大街小巷嬉闹的欢愉。也不知道老舍先生看到如今越来越"大""明""湖"的大明湖会作何感想。

后来，我又重温了一次奶汤蒲菜的美味：那是朋友出国前夕，我们为他送行。送行嘛，自然要有家乡的味道，奶汤蒲菜便是首选。

清香的蒲菜伴着奶白的汤水，让我浮想联翩，与朋友的种种往事涌上心头。这似乎是奶汤蒲菜的特殊功效。

"这蒲菜是大明湖产的吗？"我随口问

了一句。老板说:"大明湖哪有蒲菜呢!连藕都不产了。这蒲菜是济南附近滩涂上长的。"

这蒲菜虽已不是产自大明湖,我们津津乐道的依然是大明湖的奶汤蒲菜;或许,这已经不仅仅是一道菜了。

奶汤蒲菜重新扬名全国,还得益于《舌尖上的中国》,大厨精湛的技艺让人看一眼就垂涎欲滴。可对济南人来说,这似乎不仅仅是道满足食欲的家常菜,更多的还有一种美好的回忆吧。

流年似水,这些家常味道的缕缕香气非但没有随时光远去,反而因其中情意成为记忆里难以忘却的美食,并在不经意间勾惹出对于旧事亲情的无限回味……

(选自《济南范儿》)

读与思

蒲菜,一种普通的水生植物,经过了大厨的加工,却成了一道美味无比的菜肴。奶汤蒲菜是济南的一道传统名菜,作者说:"奶汤蒲菜的关键在于'奶汤'。用猪肚、猪肘等食材熬制高汤,色泽如羊脂玉一般,口味浓郁,加之清爽的蒲菜,可算得是一道上乘的汤品了。"让我们不禁感慨,必须选用真材实料,精心烹饪,才能制作出美味佳肴。在文章中,作者借一种普通的美食,寄托了无限的情谊,那是一种怎样的情谊呢?读读作品,找一找吧。

群文探究

1. 济南蒲菜上过《舌尖上的中国》,上网搜一搜视频,完整地看一遍,了解一下济南的美食文化,写一写你的观后感。

_____
_____
_____
_____

2. 济南小吃街里有什么让你垂涎三尺的美食?选一种给大家介绍。

_____
_____
_____
_____
_____
_____

第八章　历下亭中坐怀古

历下亭中坐怀古，鹊华桥畔静观棋。

济南是一座具有悠久历史的古城，1986年12月被国务院公布为国家历史文化名城。秦始皇统一天下后，建立郡县制。今济南市属济北郡，称历下邑。汉初设立济南郡，此"济南"一名出现之始。隋文帝开皇三年，改济南郡为齐州，治所仍在历城。

济南历史悠久，当你走进济南，你会发现闻名世界的史前文化——龙山文化的发祥地；你会发现新石器时代的遗址城子崖；你会发现先于秦长城的齐长城；你会感受到中国道德文化的开创者虞帝大舜的魅力。闵子骞、终军等人物也扑面而来；你会随着历史的足迹，感受五三惨案的血腥，倍感珍惜今天的生活。让我们跟着作者来到泉城广场，领略济南的胜景吧！

扫码立领
★ 名师朗读
★ 美文微课
★ 城市印象
★ 老城记忆

名家笔下的老济南

组诗两首

济南

[明末清初] 顾炎武①

落日天边见二峰②,平临湖③上出芙蓉。
西来水窦缘王屋,南去山根接岱宗。

> **注释**

①顾炎武:(1613～1682),本名顾绛,字宁人,人称亭林先生,南直隶昆山(今江苏昆山市)人,明末清初杰出的思想家、经学家、史地学家和音韵学家,著有《日知录》《天下郡国利病书》《肇域志》等。
②二峰:指千佛山和华不注山。
③湖:指大明湖。

> **译文**

落日映红了天边,隐约看见了千佛山和华不注山两座山峰;从大明湖上平视过去,那山峰若隐若现,依稀可见。城西的趵突泉发源于王屋山脚下,顺着南边山脚看过去是绵延的泰山山脉。

第八章　历下亭中坐怀古

同李太守登历下古城员外新亭，亭对鹊湖①
［唐］杜　甫

新亭结构罢，隐见清湖阴。
迹籍台观旧，气溟海岳深。
圆荷想自昔，遗堞②感至今。
芳宴此时具，哀丝千古心。
主称寿尊客③，笾秩宴北林。
不阻蓬荜④兴，得兼梁甫吟⑤。

名家笔下的老济南

注释

①鹊湖：据今人张忠纲考，鹊山在今济南市北，鹊山与历下古城之间有莲子湖（今淤），即鹊山湖。

②堞：城上的矮墙。

③称：举杯。尊客：指李邕。

④蓬荜："蓬门荜户"的略语，比喻穷人住的房子。此为作者自称。

⑤梁甫吟：挽歌。梁甫，山名，在泰山下，死人聚葬之处。今所传《梁甫吟》，相传为诸葛孔明作，诗中写齐相晏平仲以二桃杀三士之典，表达以谋略用世之心。

译文

新亭已经落成，掩映在鹊山湖的南面。坐落在台观的旧址，气象高远，连接着大海和泰山。湖中圆荷田田，城上古堞历历，令人感到此处为古今之绝景。此时，华美的筵席已经准备好，哀切的弦声演奏出千古遐思。主人举杯为尊客祝寿，座席井然有序，开宴于城北林边。主人不阻我这贫士的兴致，使我有机会再唱一支《梁甫吟》。

读与思

从诗词点点滴滴的描写中，我们仿佛看到了济南的山山水水以及曾经在济南历史上驻足过的形形色色的人，他们让济南的历史丰满、有血肉起来。铭记历史，才能展望未来。济南是一座有着悠久历史的城市，也是一座能够开创美好未来的城市。感兴趣的同学可以找一些和济南有关的历史书籍读一读。

在舜耕路上与大舜相遇

◎李登建

三月，春风已将阳光擦拭得像银片一样，在舜耕路上铺了厚厚的一层，映得路两旁高楼的瓷砖墙壁都亮晃晃。会议结束，我多留两日，从宾馆出来，沿人行道丢着悠闲的步子。这是我三十多年来第一次拿出时间从从容容地在济南的大街上走。花池子里的连翘开得很热闹，像一串串燃爆的鞭炮；白玉兰、红玉兰的花朵硕大，花瓣是透明的，感觉那么洁净，叫人联想到少女的纱裙；法桐枝条上的小黑球悄悄撑裂了，新叶从裂口钻出，像孵化的鸟儿破了壳，抖开半只翅膀。前面有两团黄绿，原来是两棵老柳树，柳树绽芽早，此时满树垂挂"布结"，失去了那金丝儿轻曳的曼妙韵致，但我还未走近，心就猛地突突跳起来：这不是它们吗？

三十多年前我在济南求学，学校离千佛山不远，周末常登山游玩，知道千佛山古时叫历山，《墨子·尚贤》有云："古者舜，耕历山"，记载舜帝为民时曾躬耕于历山之下，就是在这个地方。佛山上、趵突泉畔曾有祭祀大舜的舜祠，历下区留存的古迹舜井和许多街道以虞舜命名亦可佐证。一次下山途中，山根烟雾迷蒙，我恍恍惚惚看到大舜正在那里垦荒。这是个中等个儿的年轻汉子，身板结结实实，头戴斗笠，手握锸柄，一下一下地翻开泥土。他四围全是荒地，野草疯狂蔓延，地下则盘根错节，它们死死地缠住锸头，等于拉扯你的胳膊；而草丛里散布着乱石，火星每一迸射，锸板就被咬出一个豁口，不一会儿就钝如木头了。大舜干得很吃力，他拄着锨柄攒攒劲，又咬着牙猛刨一阵。唯一的一朵云彩溜之乎也，天空响晴，日头比磨盘还大，哗哗地往下泼毒火，汗水把他的衣衫完全湿透。嗓子开始干得冒烟，焦渴难耐。地头有两棵柳树，树影婆娑，大舜踉跄着走到绿荫里，先搬起瓦罐，咕咚咕咚喝一肚子水，然后四仰八叉地"摊"在地上，这时他才觉出了腰酸背痛，不愿动一动了。

我穿过田野急匆匆跑来却不见了大舜的踪影，只有这两棵柳树迎风而立，叶片摩擦出古调古韵。它们老迈而沧桑，母体已枯朽，"风化"为木渣、尘埃，看上去这是根部重发的新芽，都粗得不能合抱了。当时我一遍遍地抚摸着那树干，万般感慨，我相信它们就是给予大舜一地阴凉、让大舜"死"过去又"活"过来、四肢由干瘪慢慢鼓胀起来的那两棵柳树。又是三十多个春秋过去，世道多变，没想到这两棵树还守在这里——果真是它们吗？不错，它们没有动，是城市不断扩张，它们从冷冷清清地待在地头到被挤在闹市中央；大舜踩出的那条小径，也变成大道后又拓成了六车道的柏油路，就是现在这条舜耕路。路上车辆涌动，如同一条奔腾不息的大江。

我脑子里"转"着大舜，渴望着与这位古代先贤再次"相遇"，我要问他些问题，比如他预料到社会发展会这么快、济南会像今天这样美没有。路东面什么时候建了一座"舜耕公园"？进大门，过人工湖、叠山景池，踏级而上，大舜象耕石雕高矗在面前。这组傍山的大型石雕长65米，高26.4米，雄伟壮观，古朴厚重。大舜立于大象之背，右手擎托日月星辰，左手把握石犁，臂力千钧，目光如炬。它再现的是大舜披星戴月、驭群象耕作的情景。传说大舜烧荒垦地感动了天帝，这天他干活的时候，忽听"噗嗤，噗嗤"

的鼻息声，抬头看，只见一头大象从西面山丘向历山走来，径直走到他身边，用鼻子卷起一块尖利的巨石，帮大舜犁地，一袋烟工夫就犁了一大片。第二天又来了几头大象，从此大舜便训练象群垦荒。地多了，种上庄稼管不过来，一群群小鸟像网一样撒在地里，密密地啄着杂草和害虫。象耕鸟耘的故事于是成为千古美谈。但我却不喜欢这组雕像和这个传说，他们把大舜神化和把事情简单化了。我甚至对大舜后来成了至孝至忠至仁的楷模、成了和尧齐名的一代明君也不感兴趣，我还是喜欢那个淳朴、勤劳、晨培一条垄昏平一畦田、不吝力气、劳作不止的青年农夫。他把茅棚搭在历山脚下，以野果充饥，日出而作，日落而息。风雨把他的衣衫撕成褴褛，阳光在他全身遍刷棕色的油漆。他累得又黑又瘦，一边干一边呼哧呼哧粗喘，不堪其苦。而野地无边，而他要开出更广大的田亩，而每垦一寸都那么艰难……这是他永远无法解决的矛盾。有时他感到力不从心，望着漫漫荒野一脸迷惘。可是仅仅犹豫了一刹那，他立刻又浑身是劲，神色坚毅，往手心吐一口唾沫，高高地抡起镢头。这可能更接近真实的大舜。

　　手机振铃，是文友简墨发来短信，到宾馆找我聊天，我得赶紧回去。出了公园，重新回到舜耕路上，把那两棵古柳甩在身后，车流、人潮、滚滚的市声扑面而来，济南早已没有丁点儿田园气息。我心想，这可离大舜越来越远了。但是，眼前却仍时时闪现出大舜的身影，他忽而出现在如林的高楼之间，忽而出现在立交桥上，忽而叠印于闪闪烁烁的商业广告牌，忽而就在我对面近在咫尺！他还是那么茁壮，挥舞大锨的双臂还是那么有力，还是满身草屑、泥土，汗水淋淋……啊，他在朝这边看，我们的目光相遇了，我注意到他的眸子里带着一丝忧伤，但更多的是自信，是执着，一种叫人震颤的自信和执着（遗憾我一时激动忘记向他提我的问题了）！

大舜从来都没有远去，他一直在这块土地上耕耘，济南是片荒滩时他在这里耕耘，济南五谷飘香时他在这里耕耘，济南成为美丽的城市后他还在这里耕耘……我以为这就是大舜精神。

因了这，济南古老而年轻……

（选自《济南的味道》）

读与思

作者在春天来到济南，文章第一段详尽地描写了济南大街春天的美丽景色，语言优美，极富画面感。由此回忆起自己在济南求学的一段经历，着重写了历山脚下"古者舜，耕历山"的故事，让我们感受到了大舜文化及大舜精神。文章最后说："因了这，济南古老而年轻……"作者为什么这样说呢？你也来探究一下吧。

第八章 历下亭中坐怀古

灵岩寺的"李邕碑"传奇

◎钱欢青

山东济南灵岩寺始建于东晋,兴于北魏,盛于唐宋,自唐代起就与浙江天台国清寺、江苏南京栖霞寺、湖北江陵玉泉寺并称"海内四大名刹",并名列其首。寺内有一桩铁袈裟"悬案"久未得解,令人费解。

"悬案"发生在距今大约1500年前的北魏孝明帝正光年间。话说某日灵岩寺法定禅师正在主持修建寺庙,忽然,令人惊异的一幕发生了:只见地底下涌出铁来,此铁"高可五六尺,重可数千斤,天然水田纹,与袈裟无异"。清人马大相在《灵岩志》一书中不仅写下了这个传说,还在书中画了铁袈裟的插图。铁袈裟遂成千古迷案,千百年来吸引了历代文人墨客的反复吟咏。其中对此最感兴趣的,可能要算最爱附庸风雅的乾隆皇帝了。乾隆皇帝出了名的喜欢游山玩水,吟诗作赋,他曾多次驻跸灵岩,留下了一百二十多首诗词,其中咏铁袈裟的就有好几首。2007年,济南市考古研究所在灵岩寺五花阁东侧发掘两个古代院落遗址时,我曾去现场采访,考古人员带着我看了发掘出土的唐代石浮雕、宋代石柱等文物,其中就有一块乾隆御诗碑,碑上所刻行书洒脱有力,镌工优良。可惜由于碑刻残缺,只能读出"铁铸袈""能披得""平石擎""疏不用"等几个字。据此判断,此诗应该是乾隆题灵岩八景之《铁袈裟》,全诗应该是:"铁铸袈裟数百斤,谁能披得七条纹。可看平石擎崖路,不识分疏不用勤。"

皇帝也是有血有肉之人，乾隆皇帝也一定会对铁袈裟的传说感到好奇。皇帝一来，寺庙里有文化的僧人想必定会陪同"导游"。在最后一次到灵岩，再题铁袈裟的一首诗中，乾隆皇帝写的是"一领净衣那论斤，法身披衹当丝纹。铸钟想以不成废，置此半途徒费勤"。他最终认为，这铁袈裟是因为铸钟不成而留下的一堆废铁。

然而事实并非如此。

乾隆皇帝肯定知道，在他抵达灵岩的一千多年前，麟德二年（665）至乾封元年（666），唐高宗李治与皇后武则天也曾驻跸灵岩；但乾隆皇帝显然并不知道，他破解不了的铁袈裟"悬案"，谜底竟然会藏在唐高宗和武则天身上。

唐高宗和武则天驻跸灵岩，不是为了游山玩水，而是来封禅泰山的。灵岩寺就在泰山北边，且香火旺盛、名满天下，加上武则天极为信奉佛教，驻跸灵岩自然成了不二选择。唐高宗和武则天此举，在唐代政治史和宗教史上影响极大，这是唐代皇帝第一次封禅泰山，也是继秦始皇、西汉武帝、东汉光武帝之后，皇帝对泰山的第四次封禅。

如此风云际会，灵岩寺之风光无限，可想而知。更为关键的是，唐高宗巡视灵岩寺后，"以帝王之力""舍以国财"，修阁造像，扩建寺庙，搞了一系列的工程，如此一来，灵岩寺的香火也就更为旺盛了。

有关唐高宗和武则天封禅泰山、驻跸灵岩一事，《旧唐书》和《资治通鉴》都有明确记载，此外，现砌于灵岩寺鲁班洞南部西墙内石碑所刻《灵岩寺碑颂并序》对此更是有着明确、详细的记录，该石碑是唐天宝元年（742）由李邕撰文并书写，虽已断为两截并且缺了一块，但碑文明确显示了"高宗临御之后""克永光堂""六悲之修""报身之造""六身铁像"等扩建寺庙、修佛造像的情况，碑文说到当时景象之蔚为壮观，"远而望之，云霞炳焕于丹霄"。

根据碑文，在当时完成的建筑永光堂内，以报身卢舍那佛为中心的一组造像中有"六身铁像"，而且十分高大。正是从这篇碑文中获得重要线索。中央美院教授郑岩先生在对唐代众多的佛教造像进行图像学比对之后认定，铁袈裟实际上是一尊形体巨大的力士造像的下半身，"其左腿直立，右腿侧伸，腰束带，下着战裙"。碑文中所载的这组灵岩寺的铁像很可能毁于会昌五年（845）的灭佛运动，铁袈裟是灭佛运动后的残留。千古"悬案"终于告破。

在破解铁袈裟"悬案"中扮演了关键线索的《灵岩寺碑颂并序》，其撰文和书写者是盛唐时期著名文学家、书法家李邕，就是那位著名的"李北海"。写完这块碑的第四年，也就是天宝四年（745），这位北海太守在济南与杜甫相会历下亭，就在这次聚会中，杜甫写下了那句著名的"海右此亭古，济南名士多"。

至于乾隆皇帝，他或许根本没有机会看到这块碑。此碑最早著录于赵明诚《金石录》卷七，其中记载："唐灵岩寺颂，李邕撰并行书，天宝元年十一月十五日。"从天宝元年（742）到宋代赵明诚访得该碑，期间三百多年，李邕碑一直完好保存于灵岩寺内。然而宋代以后，此碑神秘失踪，不知去向。清康熙三十五年（1696），马大相编纂《灵岩志》时，该碑已弃于"神宝废寺右侧荆棘中"。又过了近百年，清代金石学大家阮元在遍访山东金石碑刻时，再次找到此碑，却发现碑已嵌入鲁班洞洞壁上。此时，碑已拦腰断为两截，且右下角有残缺。到清咸丰六年（1856），著名书法家何绍基又访得此碑，并作《访得李北海书灵岩寺碑残石》一诗，记录了访碑过程和对此碑的评价，其中有句："光出千载前，寒销万丈冰。拓出宛新砑，字字堪洛颂。"

千百年风云变幻，灵岩寺的"李邕碑"为我们留下了一个珍贵的历史标本。

读与思

李邕（678～747），字泰和，鄂州江夏（今湖北武汉市江夏区）人，唐朝大臣、书法家，其书风豪挺，结体茂密，笔画雄劲，传世作品有《端州石室记》《麓山寺碑》《法华寺碑》等。李邕的行书对后世书法的发展产生了很大的影响，几位大书法家如苏轼、黄庭坚、赵孟頫等都深受其影响。请你查阅资料，搜集李邕的书法作品欣赏一下吧！李邕曾来过济南，与杜甫在历下亭把酒长谈，了解他们之间的故事，并讲给你的小伙伴听。

济南老童谣

大明湖
大明湖,
明湖大,
大明湖里有荷花,
荷花上面有蛤蟆,
一戳一蹦达。

趵突泉
趵突泉,泉趵突,
三个泉眼一般粗,
咕嘟咕嘟往外冒,
咕嘟咕嘟又咕嘟。

千佛山
远看佛山黑糊糊,
上边细来下边粗;
有朝一日倒过来,
下边细来上边粗。

名家笔下的**老济南**

过年

穿新衣，戴花帽，
小摊小店真热闹，
过家家，买香皂，
针头线脑都找到，
糖葫芦串儿，吃油旋儿，
来碗甜沫才地道。

小巴狗

小巴狗，带铃铛，
滴零当啷，到集上。
想吃桃，桃有毛，
想吃杏，杏又酸，
吃个栗子面丹丹，
吃个小枣变神仙。

月亮奶奶

月亮奶奶，好吃韭菜；
韭菜齁辣，好吃黄瓜；
黄瓜有种，好吃油饼儿；
油饼儿喷香，好喝面汤；
面汤稀烂，好吃鸡蛋；
鸡蛋腥气，好吃公鸡；
公鸡有毛，好吃樱桃；
樱桃跑得快，拉开桌子摆上菜。

112

读与思

童谣，文字简单，节奏轻快，生动描绘着生活中的事物和人的情感，寄托着人们对美好生活的向往与追求。经典的老童谣不会因岁月的流逝失去光辉，诵读老童谣是对这种古老的文学形式的体味和再发现。请你诵读这些济南老童谣，说一说它们分别描述了怎样的画面，传递出怎样的情感。你的家乡有哪些老童谣？读给你的同伴听吧。

群文探究

1. 济南文化里最具历史厚重感的就是舜文化。舜文化是济南文化的灵魂，在数千年的中华文明的历史长河中熠熠生辉。读了描写大舜的文章，你对舜文化有了多少了解？在济南，有很多跟大舜有关的景点和典故，千佛山、趵突泉、舜井、大舜社区、舜耕路……仔细说来，从济南的山、泉、园林、祠庙、雕塑里都能找出舜元素哦！你也试着寻找一下吧。

2. 你喜欢老济南童谣吗？请搜集一首，记录在你的积累卡上吧。

研学活动：
天下泉城，一门有温情的课程

济南依水而生，因泉而名，是天下闻名的泉城，钟天地之灵秀，蕴山水之华英。千百年来，这座城在悠悠泉水的滋润下，孕育出无数温文儒雅的济南名士、薪火相传的红色基因、别具特色的老街美食……特别是丰厚的历史文化底蕴，让这座城市生生不息。让我们背起行囊去研学，寻找最美的济南。来吧，一起出发！

【泉水 · 探秘】

温情在文——悠悠泉水研其妙，学做古今名与士

济南素有"七十二名泉"之说，让我们沿着"趵突泉泉群—珍珠泉泉群—黑虎泉泉群—五龙潭泉群"的路线走近泉水，了解泉水。

活动：寻得名泉赏其景，访来故事品其韵

1. 为你喜欢的名泉写解说词，争当"小小解说员"，把这处名泉介绍给游客！（注：录制好解说视频并拍照留念，在班里与大家分享。）

名家笔下的老济南

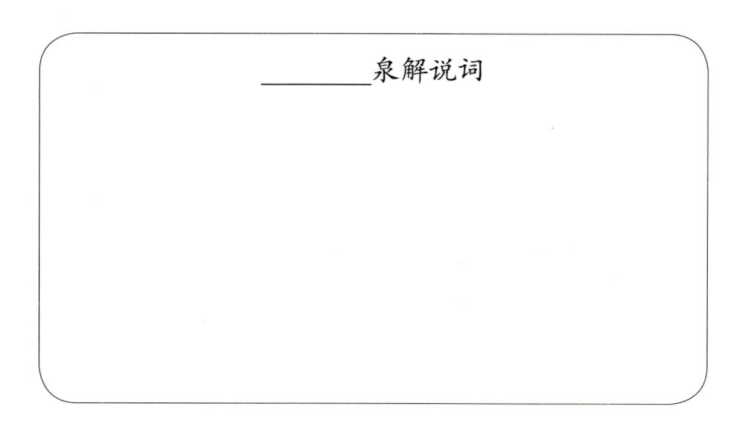

_____泉解说词

2. 古城济南，泉水众多。这么多的名泉是如何形成的呢？请你上网查阅资料，和同学们一起探寻一下泉水形成的原因吧。

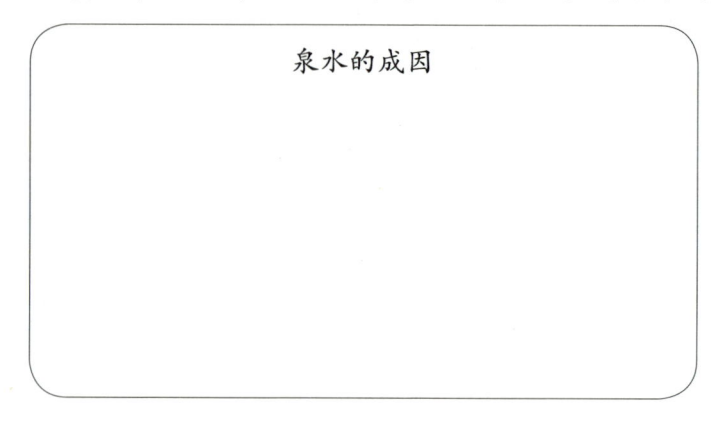

泉水的成因

【红色·传承】

温情在根——不忘革命艰辛，传承红色基因

济南，是历史文化名城，同时也是革命之城。济南战役是这座城市不可或缺的"红色基因"。让我们走进红色遗址，沿着"济南战役纪念馆—英雄山革命烈士纪念碑—解放阁—五三惨案纪念堂—蔡公时纪念馆"的线路去研学。大家一定能在红色研学中领略时代精神，传承红色文化！

活动：红色路线步步走，完成使命代代强

1. 去济南战役纪念馆，参观全景画馆、革命文物与历史照片，感悟革命艰辛，写下自己的报国志。

2. 去英雄山革命烈士纪念碑，站在碑前，重温入队誓词，学习英雄精神，从小学先锋，长大做先锋，努力做好共产主义接班人。

3. 去解放阁，登高眺远，感受当年解放济南时，士兵浴血奋战的艰辛和不易。

4. 参观五三惨案纪念堂和蔡公时纪念馆，写一篇日记，记录所见所闻，抒发内心感慨。

5. 搜集整理自己沿"红色路线"研学的照片，与同学一起举办一期红色经典宣传摄影展。

【街巷·走访】

温情在食——巷子幽深通古今，市井记忆有缩影

每一座城市都有自己独特的地域文化，每一条街巷都是城市文化的重要组成部分。济南的老街巷，个性十足，充满浓郁的文化气息，有较深的历史渊源，代表了济南城市文化的特色。

活动：走一走老街巷，访一访老故事

街随水走，水伴街行。走过曲水亭街，钻进老济南的胡同，在面积约 3.2 平方公里的济南老城，有"九街十八巷七十二条胡同"：起凤桥、翔凤巷、西更道、王府池子、芙蓉街……请你调查济南的老街巷，把老街巷按照名称的由来大致分类，这一定会有很多趣味！

名家笔下的**老济南**

济南老街巷名称由来调查分类表

分类缘由 老街巷名称	政治	文化教育	历史纪念	美好品德